Der Brunnen des Paradieses und andere Erzählungen

Franz Reyôme

Der Brunnen des Paradieses und andere Erzählungen

editorial **alhulia**

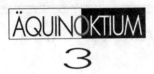
3

directora
Marion Möller

Tel/fax 958 63 07 36 • Apdo de Correos 17
18690 Almuñécar, Granada, España

© Franz Reyôme

© Alhulia, s.l.
Plaza de Rafael Alberti, 1
Teléfono-fax: [958] 82 83 01
18680 Salobreña (Granada)

ISBN: 84-923063-9-4
Depósito legal: Gr. 533-1998

Diseño y maquetación: Alhulia, s.l.
Imprime: La Madraza

Der Brunnen des Paradieses, *9*

Der Tod des Geologen, *23*

Die Hochzeitsnacht, *29*

Blahton -
der jung verhallte Redeweise spricht, *33*

Ein Schuß, *37*

Vergebliche Warnungen, *45*

Die Brücke, *75*

Ein Unglück kommt selten allein, *85*

Die Flut, *107*

Der Brunnen
des Paradieses

»José!« Der Ruf kam von draußen.
»Ich dachte, sie ist zum Markt.«
Die Tür wurde aufgerissen.
»Du sitzt ja schon wieder hinter deinen Büchern, und ich kann sehen, wie ich mit der Arbeit fertig werde.«
An der schwarz gekleideten Frau vorbei drückte sich ein kleines Mädchen und saß auch schon auf dem Schoß des Vaters.
»Mama ist böse auf dich«, murmelte es.
»Nein, mein Liebling, Mama ist nicht böse!«
Der Mann war aufgestanden, das Kind auf dem Arm.
»Was gibt's denn schon wieder?« Er sprach leise, ärgerlich.
»Was gibt's, was gibt's?« gellte die Frau, »was wird's schon geben? Immer dasselbe. Der Wind hat wieder die Folie über den Tomaten zerrissen. Wir müssen neu spannen, wenn uns nicht die ganze Ernte erfrieren soll. Also komm schon!« Und sie verschwand.
Die Tür blieb offen. Das Mädchen hatte sich vom Arm geschlängelt.
»Was liest du da?« Es schaute mit neugierigen Augen auf den Tisch, auf dem ein altes, zerfetztes Buch aufgeschlagen lag.

»Ja, was lese ich da?« Er hatte sich wieder gesetzt.

»So ein altes Buch kann man gar nicht so lesen. Sieh mal, es ist auch ganz zerschlissen. Und die Sprache ist alt, heute spricht niemand mehr so!«

»Und warum liest du es trotzdem?« Das Mädchen war wieder auf seinen Schoß geklettert und versuchte, das Buch in die Hand zu bekommen.

»Vorsicht, Vorsicht!« Der Vater rückte das Buch außer Reichweite.

»Ja, meine liebe Kleine, das Buch ist ein wichtiges Buch. Es erzählt von Geheimnissen, die niemand mehr versteht.«

»Aber du verstehst sie jetzt, nicht wahr?« Das Mädchen blickte seinen Vater gespannt an.

»Nein, noch nicht so ganz. Deshalb darfst du mir auch die Seiten nicht verblättern. Ich verliere sonst die Spur.«

»Welche Spur?«

»Die Spur zum Paradies, mein Kleines.« Liebevoll setzte er das Mädchen auf den Boden.

»Komm, wir wollen Mama helfen!«

Er schloß die Tür sorgfältig hinter sich.

Es war später Nachmittag, als er ins Zimmer zurückkehrte. Das Buch lag da, genauso wie er es verlassen hatte. Er setzte sich, zog es zu sich heran und mühte sich, mit dem Zeigefinger die undeutlichen Zeilen nachziehend, die erhoffte Botschaft zu entschlüsseln: Wo befand sich das Paradies? Ist es vernünftig, daß sich ein Dorfschullehrer mit einer solchen Frage befaßt?

Eigentlich nicht, meinte sogar José selbst, aber in diesem Fall?

Es war doch kein Zufall, daß sein Vorgänger ihm dieses Buch mit einem bedeutungsvollen Blick anvertraut hatte.

Und dieser Vorgänger war ein frommer Mann gewesen, fast ein Mönch, unverheiratet, ungeheuer belesen. Also war es doch nicht nur vernünftig, die Geheimnisse dieses Buches zu erforschen, sondern es war sogar eine Pflicht, so etwa wie man ein Vermächtnis erfüllen muß. Außerdem: wenn hier zuverlässig überliefert wird, wo das Paradies war, ist es dann nicht logisch, dorthin zu gehen, um zu sehen, was davon übriggeblieben war? Ja, wenn das weit weg wäre, in Afrika, in der Türkei oder sonstwo! Aber nein, hier stand mit ungewöhnlicher Eindeutigkeit, daß das Paradies östlich von Almeria lag, und daß es vor nur zweihundert Jahren noch von einem Mönch gefunden wurde. Und eben dieser Mönch hatte dieses Buch geschrieben.

Nur, einen Wegeplan hatte er nicht beigefügt. Wie also konnte man den Weg finden? Wie konnte man in diesem undurchsichtigen Gewirr kahler Berge das Paradies finden? Das klingt hoffnungslos. Und José seufzte auch, aber so, wie einer auf einem bekannten Weg seufzt, nur weil er lang ist. Denn José glaubte fest, die Beschreibung des Mönchs enträtselt zu haben, und zwar ganz einfach deswegen, weil erstens das Dorf, in dem er Lehrer war, östlich von Almeria lag, und zweitens weil er bei seinen Streifzügen südlich des Dorfes ins hohe Gebirge hinein Schluchten gefunden hatte, deren Richtung und Gestalt den Schilderungen des Buches genau entsprachen.

Das letzte Mal vor einer Woche war er am Ende einer hochgelegenen Schlucht vor einer Steilwand nicht weitergekommen. In den niedrigen Eingang in eine Höhle unterhalb der Wand hatte er sich nicht mehr hineingewagt, und diese Wand und diese Höhle, kein Zweifel, waren auf dieser zerschlissenen Seite des Buches beschrieben, und, José blätterte um, hier wurde doch unmißverständlich gesagt, daß diese Höhle der Eingang ins Paradies sei.

Also doch! Alles war klar. Eine große, starke Taschenlampe war schon gekauft. Hier in der Schublade lag sie, José zog die Lade auf, jawohl, da war sie. Noch zögernd nahm er sie in die Hand, schaltete sie an und aus. »Also los!« sagte er laut, stand auf, straffte sich, atmete tief durch und verließ das Zimmer. Er blickte in die Küche, nein, seine Frau war mit der kleinen Mavi fortgegangen.

Vor dem Haus stand sein kleiner Wagen, staubig und zerbeult, gewöhnt an die holprigen Pfade der seltsamen Ausflüge. José blickte ihn liebevoll an. »Bis ins Paradies kannst du leider nicht! Aber ganz nahe heran!«

Er stieg ein, startete und fuhr langsam die winklige Straße aus dem Dorf hinaus. Hatte ihn jemand gesehen? Es war noch sehr heiß, obgleich die Sonne schon tief stand. Sie störte ihn nicht, denn er bog gleich nach dem letzten Haus in einen Weg ein, der sich auf dem Boden einer felsbrockenübersäten Schlucht durchwand. Hier war Schatten, aber kühler war es nicht. Der Wagen zog den aufgewirbelten Staub wie einen Schweif hinter sich her. Steine schlugen gegen Räder und Chassis. Die Schlucht wurde enger, und es ging steil aufwärts. Der Motor ächzte. »Nur ruhig, gleich wird's besser.« José ging in den ersten Gang und bog in einen rechts sich plötzlich öffnenden Hohlweg ein, der nach wenigen Metern sich auf eine kleine Hochebene öffnete. Hier gab es keinen Weg mehr. José mußte mit angestrengter Aufmerksamkeit durch stachliges Gebüsch und verwitterte Steine sich durchkämpfen. Er schwitzte. Denn hier oben trafen ihn die Strahlen der sinkenden Sonne durch die Heckscheibe direkt in den Nacken.

In dem rechts sich hinziehenden Gebirgskamm, den schon violette Adern durchzogen, öffnete sich plötzlich ein Einschnitt, auf den José sogleich zusteuerte. Zwei oder drei Querrillen ließen den Wagen hüpfen und José mit dem Kopf gegen das Dach stoßen. Fast verlor er das Steuerrad. Mit einiger Anstrengung brachte er es fertig, den Wagen zum Halten zu bringen. Denn hier hatte das Wasser ein tiefes Bett eingegraben, um die aus der Schlucht herunterstürzenden Massen ins Tal abzulenken. Jetzt gab es natürlich keine Wasserflut. Aber im schwindenden Tageslicht wirkten die geschnittenen Felsstufen nicht weniger gefährlich.

José war ausgestiegen. Er schaute noch einmal nachdenklich auf den Wagen. »Soll ich ihn jetzt wenden? Aber wie?« Die Spannung, auf dem Wege zum Paradies zu sein, ließ ihm keine Zeit zum Überlegen. Er klopfte beschwichtigend auf die Kühlerhaube und sprang sogleich behende auf die gegenüberliegende Seite des Felsbettes, um sofort mit dem Aufstieg in der ausgewaschenen Rille zu beginnen.

Er erkannte den Weg, den er gerade vor einer Woche zum ersten Mal benutzt hatte. Ein in solchen Bergen Ungeübter hätte auch gar keinen Weg erkannt. José aber, gewöhnt ans kahle Gebirge seit seiner Jugend, war nicht nur erfahren genug, sondern er fühlte sich überdies wie von einer fürsorglichen Hand geleitet. Die rätselhaften Sprüche des Buches wurden Gestalt inmitten dieser unwirklichen Wildnis; jeder Schritt, jeder Sprung gelang wie nach Plan; diese Felsnase war ein alter Bekannter, jener Vorsprung ein Wegweiser. Und als schließlich jene Steilwand wie der Engel mit dem Flammenschwert José den Zugang zum Paradies verwehren wollte, zögerte er keinen Augenblick.

Er schaltete seine Lampe ein, bückte sich und stand schon in einem langen Gang, der, je weiter er kam, umso höher und breiter wurde, bis er schließlich in einer riesigen Halle endete.

Nun war dies natürlich nicht die erste Höhle, die José sah. In seiner Jugend war kein Berg vor ihm sicher gewesen, er kannte sie alle bis in ihr Innerstes. War es nun die besondere Schönheit dieser Halle oder nur die Aufregung, vor einer unglaublichen Offenbarung zu stehen, jedenfalls war er für kurze Zeit unfähig, einen Schritt weiter zu tun.

Dann fiel plötzlich der tastende Strahl seiner Lampe auf etwas unerwartet Furchtbares: ein wirrer Haufen fahl phosphorisierender menschlicher Gerippe. War es das, was das Buch den Abgrund vor dem Paradies nannte, der verhindern sollte, daß nach dem Sündenfall jemals wieder ein Mensch dort eindringen konnte? Und waren nun alle diese dort Menschen gewesen, die für den Versuch mit dem Tode bestraft worden waren?

Würde es ihm nun auch so ergehen? Ihm wurde so schwach, daß er sich auf einen Stein setzen mußte. Den Strahl seiner Lampe hatte er auf den im Zentrum der Halle liegenden See gerichtet, weg von den grausigen Gerippen. Mit großer Anstrengung gelang es ihm, den Schrecken zu bannen und sich daran zu erinnern, was das Buch ihm in dieser Lage raten konnte. Von einem See war die Rede, der nicht See sei, sondern Spiegel, Spiegel des Brunnens, des Brunnens des Paradieses, und von dem Wagnis, in den Spiegel zu schauen.

Als stiege aus dem See ein Verlangen auf, das ihn unwiderstehlich zu ihm heranzog, so fühlte sich José getrieben, aufzustehen und an das Ufer zu treten. Er richtete den Lichtstrahl in die Tiefe, und durch das Spiegelbild seines Gesichts hindurch erblickte er zu seinem Entzücken auf lichtblauem Rund das glückliche Gesicht eines jungen Mannes. Und er erkannte ihn: Es war er selbst in seiner Jugend. Da konnte er nicht mehr widerstehen und sprang in das Bild seiner Jugend.

Hatte er sein Bewußtsein für einen Augenblick verloren, als ihn das rauschende Wasser aufsog und aus dem Brunnen ins Moos spülte? Er wußte es nicht und wollte es auch nicht wissen; denn nur *ein* Wissen erfüllte ihn: Ich bin im Paradies!

Ein sanftes Licht, wie ein Abglanz ferner Sonnen erfüllte den unendlichen Raum, in dessen Tiefe keine Sterne zu erblicken waren. José richtete sich auf. Um sich erblickte er einen Garten größter Schönheit: Bäume und Blumen, Wiesen, Gräser, Wege, Bäche in unirdischer Harmonie mit großen und kleinen Tieren ihm völlig unbekannter Arten.

Er erhob sich, machte einige Schritte, noch wie im Traum, und spürte, daß er ein anderer war und doch er selbst, ein Früherer und ein Späterer in einem. Langsam und doch fröhlich durchwanderte er den Garten. Kein Mensch war zu sehen, kein Wort wurde gesprochen. Aber er fühlte sich nicht einsam. Denn zum ersten Mal bemerkte er, wie Worte einengen, und warum das Buch so geheimnisvoll das Paradies beschrieb. Die Glückseligkeit läßt sich in keine Worte einfangen, solange man auf der Erde ist. War er noch auf der Erde? Da merkte er, daß es darauf keine Antwort gibt, weil das Paradies keinen Ort hat.

Nach längerem Umherwandern war er, ohne es zu merken, wieder am Brunnen angelangt. Er schaute hinein. Plötzlich wandelte sich die leicht gekräuselte

Oberfläche, und auf dem nun glatten Spiegel erschien das Gesicht seiner Frau und das seines Kindes. Auf der Stirn der Frau stand Zorn, und in den Augen des Kindes hingen Tränen. Er erschrak. Der Brunnen wallte auf. Er hatte Frau und Kind verlassen, um das Paradies zu suchen, und er hatte es gefunden.

Wie lange schon war er hier? Er versuchte, sich zu erinnern, ob im Buch etwas über die Rückkehr in die irdische Welt stand. Denn der Mönch, der es schrieb, mußte ja auch zurückgekehrt sein. Aber ihm fiel nichts ein. Wie also kam er zurück? Auf demselben Weg, auf dem er hergekommen war? Er blickte wieder in den Brunnen, und mit dem Strahl seiner Lampe versuchte er die Tiefe zu durchdringen. Da sah es aus, als wiche das Wasser des Brunnens, und plötzlich ergriff ihn ein Strudel und riß ihn hinab.

Er fand sich wieder am Ufer des Sees, inmitten der hohen Felsenhalle. Er fühlte die Lampe in seiner Hand. Sie leuchtete noch. Er sprang auf und eilte mit ihm selbst unheimlicher Geschwindigkeit den Gang zurück, aus der Höhle, die Schlucht hinunter und stand im Nu an seinem Wagen. Er sah, daß er hier nicht wenden konnte. Mit geringer Anstrengung ergriff er ihn am Heck und drehte ihn um die Vorderräder, bis er wieder in Fahrtrichtung nach unten stand. Erst als er am Steuer saß und geschickt durch die Hindernisse manövrierte, wurde ihm bewußt, daß heller Tag war. Die Sonne stand hoch. Es mußte gegen Mittag sein.

Als er in die Dorfstraße einbog, fiel ihm plötzlich ein, daß er heute morgen hatte Unterricht geben müssen, - und, noch viel schlimmer, die Nacht über nicht zu Hause gewesen war. Vor seinem Hause stand der Wagen der Polizei. Die Haustür stand offen. Im Flur stand seine Frau,

Mavi auf dem Arm, und redete aufgeregt mit dem Polizisten.

José riß sich zusammen: «Da bin ich wieder!« rief er gewollt fröhlich und drängte sich am Polizisten vorbei, um seine Tochter in den Arm zu nehmen. Seine Frau schrie auf, riß die Kleine an sich:

»Wer sind Sie, was wollen Sie?« Ihre Stimme überschlug sich. Der Polizist hatte einen Augenblick verblüfft dagestanden, dann aber sofort energisch zugegriffen. Er hielt José mit kräftigem Griff am Arm.

»Halt, halt, junger Mann!«, brüllte er ihn an, »wie kommen Sie denn hierher, wer sind Sie überhaupt?«

José brachte dieser unbegreifliche Empfang in Wut.

»Ja, seid Ihr denn verrückt geworden? Ich bin hier in meinem Hause...« Weiter kam er nicht. Denn seine Frau, die ihn mit wachsendem Entsetzen angesehen hatte, unterbrach ihn:

»Paco, siehst du nicht, dieser Bengel hat ja den Anzug von José an! Der hat meinen Pepe umgebracht!«

Und sie heulte los, die ebenso schluchzende Mavi fest an sich drückend.

»Mann, Sie sind verhaftet!« schritt nun seinerseits der Polizist zur Tat. José riß sich los.

»Paco, du Idiot, ich bin's doch, der Lehrer, dein bester Freund, - da, siehst du nicht, da steht mein Wagen, mit dem ich eben aus den Bergen gekommen bin!«

Der Polizist blickte hinaus, sah den Wagen und sprang sofort wieder auf José zu, dessen Arme er nun ergriff und sie auf dessen Rücken festhielt.

»Den Wagen auch noch! Das ist doch das Unverschämteste, das mir je vorgekommen ist! Los, Kerl, jetzt kommst du mit zur Wache und dann werden wir ja wohl herauskriegen, wer du bist, und was du verbrochen hast!«

José sah, daß jeder Widerstand seine Lage nur verschlimmern würde und ließ sich ohne Gegenwehr abführen. Auch bei dem Verhör auf der Wache fiel ihm nichts ein, was er hätte zum Beweis, daß er doch José, der Lehrer, war, vorbringen können. Wie war es möglich, daß seine Frau, sein kleiner Liebling, dieser gar nicht dumme Polizist, allesamt ihn nicht erkannten? Er wiederholte also nur, daß er, José, gestern in die Berge gefahren sei, sich verirrt hätte und den Tag abwarten mußte, um sich zurückzufinden. Hätte es etwa Klarheit gebracht, wenn er vom Brunnen des Paradieses gesprochen hätte, durch den er getaucht war?

Erschöpft und wütend, weil er nichts aus dem Verdächtigen herausbekam, sperrte ihn der Polizist schließlich in die einzige Zelle des Dorfes.

»Morgen früh bringe ich dich gleich nach Almeria, da zieht man andere Saiten auf!« schnauzte er, indem er zuschloß.

José, alleingelassen, spürte, wie eine große Traurigkeit ihn überschwemmte.

»Genügt eine Nacht im Paradies, um mich für alle in meiner irdischen Welt unerkennbar zu machen?« fragte er sich immer wieder, »und was war es, das mich unerkennbar machte?«

Indem er sich so zerquälte, wurde ihm langsam bewußt, daß er die frische Kraft verlor, die ihn fast wie ein Zauber zurückgebracht hatte. War er nicht in jugendlichem Schwung hinuntergeeilt, hatte den Wagen mit Leichtigkeit umgedreht und die Schwierigkeiten der Abfahrt wie ein Spiel gemeistert? Ja, selbst das Monströse dieses Empfangs hatte ihn zwar verwundert, aber nicht aus der Fassung gebracht.

Nun fühlte er, wie ihn diese Kraft langsam verließ. Erschöpft legte er sich auf die Pritsche. Als ihm jemand Brot und Kaffee hereinschob, es war draußen wohl schon dunkel, rührte er sich nicht.

Am nächsten Morgen weckte ihn das Knacken des Türschlosses. Er richtete sich erschreckt auf. In der Tür stand der Polizist. Der Schlüssel fiel ihm aus der Hand, auf seinem Gesicht mischten sich Zweifel und Schrecken. Endlich entrang sich ihm:

»José, wie kommst du hierher? Wo ist dieser Bursche? José, steh auf, laß dich ansehen, du bist's doch, oder?«

José, ernüchtert und erleichtert, ging auf den Polizisten zu:

»Das versuchte ich, dir doch den ganzen Tag gestern klarzumachen, daß ich es bin.« Der Polizist schüttelte nur den Kopf.

»Ich verstehe wirklich nicht, was ich da gesehen habe. Aber hat nicht Carmen zuerst geschrien, weil sie dachte, du seist ein Fremder und sogar ein Mörder? Ich versteh' das nicht!« murmelte er noch einmal fassungslos.

»Darf ich gehen?« fragte José.

»Natürlich, klar doch«, beeilte sich der Polizist zu versichern, »geh nur, und schöne Grüße an Carmen.« Er blieb wie abwesend, wie versteinert, vor seinem Schreibtisch sitzen, als José die Wache verließ.

Es waren keine hundert Meter zu seinem Haus. Aber ihm begegneten fast alle seine Schulkinder, die ihn wie eine seltsame Erscheinung anstarrten und nur verlegen grüßten. Nur ein besonders kecker Junge streckte ihm die Hand entgegen: »Schade, daß Sie gestern nicht in der Schule waren, aber heute kommen Sie doch?«

»Aber natürlich!« beeilte sich José zu versichern.

»Wie spät war es eigentlich?« fragte er sich im Stillen.
Da war er schon zu Hause. Er öffnete die Tür, und schon lag ihm die kleine Mavi im Arm:
»Papa, Papa, da bist du ja wieder! Oh, was hatte ich Angst, du wärest tot!«
»Aber, aber, mein Herzchen, warum sollte ich tot sein? Ich war doch schon gestern zurück, und ihr wolltet mich nicht haben!«
In diesem Augenblick rief Carmen aus der Küche: »Mavi, wer ist da?«
Und dann, auf den Flur hinaustretend: »Du, José!?«
Freude, Schreck, Zorn stritten im Gesicht der Frau um die Vorherrschaft. Schließlich siegte der Zorn:
»Wo hast du nur gesteckt, du Elendskerl? Welch schreckliche Nächte waren das! Hast du denn gar kein Verantwortungsgefühl?«
Hier unterbrach ihr Mann sie.
»Ich sehe, es ist gleich zehn, ich muß mich beeilen, in die Schule zu kommen!«
Er setzte Mavi sorgsam auf den Boden.
»Heute mittag erzähle ich dir alles, mein Kleines.«
Das Geschimpfe seiner Frau konnte er nicht mehr hören. Er hatte das Haus schon verlassen.
Die Bemühungen Josés, beim Mittagessen seiner Frau eine glaubwürdige Erklärung für sein nächtliches Ausbleiben zu geben, schlugen gänzlich fehl. Die Wahrheit konnte er ihr nicht sagen, und seine Ausflüchte glaubte sie nicht. So wurde er immer schweigsamer, und sie immer wütender, bis er aufstand und sich in sein Zimmer einschloß. Da lag noch unberührt aufgeschlagen das verhängnisvolle Buch: War es ein Fluch und das Paradies eine Täuschung?

Es klopfte zaghaft.

»Ich bin's, Mavi!«

Er öffnete. Sie stürzte sich in seine Arme. Er küßte sie zärtlich.

»Papa, du sagst, du warst gestern schon da?«

»Ja, Mavi, aber ihr erkanntet mich nicht!«

»Wenn du das warst, Papa, dann warst du aber verzaubert!«

»Wieso, mein Kind?«

»Ja, sieh mal, der gestern da war, und den Paco mitnahm, das war ein junger hübscher Mann mit strahlenden Augen und glänzendem Haar! Wie konnten wir wissen, daß du es bist?«

José hatte mit wachsendem Erstaunen zugehört. Ja, jetzt war alles klar. Das junge Gesicht, das er in der Tiefe des Sees gesehen hatte, war tatsächlich sein Spiegelbild gewesen. Nun hatte die Nachwirkung des Brunnens des Paradieses aufgehört, und selbst der Polizist hatte ihn in der Zelle wiedererkennen können.

Er setzte sich, das Kind auf dem Schoß, und zog das Buch heran. Das Kind legte den Zeigefinger auf die offene Seite:

»Hast du die richtige Spur zum Paradies gefunden, Papa?«

Er blickte verwundert auf das Kind.

»Wie kommst du darauf?« fragte er leise.

»Du hattest es mir doch erklärt, daß man in diesem Buch die Spur finden kann.«

»Ja, mein Kind, und es war das richtige Paradies, das ich gefunden habe.«

Sein Gesicht begann zu leuchten, sein ganzer Körper straffte sich. Er stand auf.

»Und jetzt werde ich's dir zeigen!«

Sie schlichen wie Verschwörer an der Küche vorbei, in der Carmen beim Arbeiten zu hören war. Er öffnete den Wagen und setzte das Mädchen auf den Rücksitz.

»Halt dich schön fest, mein Liebling, es ist ein schlechter Weg hinauf!«

»Macht nichts, Papi, lieber Papi, ich paß schon auf!«

Ihr Gesicht leuchtete in froher Erwartung.

Der Wagen fuhr an, ratterte durch die mittäglich menschenleere Dorfstraße und folgte dann dem steilen Weg, auf dem José erst gestern zurückgekehrt war.

Vater und Tochter kehrten nicht zurück. Die Suche nach ihnen war vergeblich. Es gab keine Spuren, denn in der folgenden Nacht ging eines jener furchtbaren Unwetter nieder, das die wüsten Schluchten in wenigen Minuten in reißende Ströme verwandelt.

Der Wagen wurde später im Schlamm des Flusses gefunden. Er war von den Wassermassen in den oberen Schluchten heruntergerissen und gegen einen Brükkenpfeiler, unweit der Mündung ins Meer, geschleudert und zertrümmert worden.

Im Dorf warf man der Frau vor, sie hätte sich kaum aktiv an der Suche beteiligt. Aber was könne man auch von einer erwarten, die einen Witwer mit Kind heirate und mit beiden nicht zurechtkomme. Verbittert über diese ungerechten Vorwürfe, verließ Carmen bald das Haus und zog zurück in die Stadt. Beim Packen ihrer Habseligkeiten fiel ihr auch das Buch in die Hand. Sie schaute kurz hinein: »Da fing die Spinnerei schon an«, murmelte sie verächtlich und warf das Buch in das Feuer, das sie für all den restlichen Hausmüll angezündet hatte.

Der Tod des Geologen

»Amalie, hörst du?« - ein Keuchen.
»Amalie, so komm doch endlich!«
»Ja, ja doch, was gibt's?« knurrte es in der offenen Tür.
»Gib mir den Stein, den rotgestreiften Marmor, du weißt schon, auf dem Schrank dort!«
Ein Husten schüttelte ihn.
Amalie suchte und kicherte leise vor sich hin: »*Der Alte sucht sich selbst den Grabstein aus.*«
»Da ist er, Herr Professor! ... Na, nur nicht zittern, er ist nur staubig und ein bißchen kalt, ... aber wirklich ganz hübsch ... die Streifen ...«
»Geh, geh nur und schließ die Tür,«
... »*sie ist doch widerwärtig, wenn sie so schwatzt, 'ganz hübsch die Streifen!' . . hi, hi.*«
Er hustete wieder und drehte sich, den Stein ganz nahe vor den Augen, zum dämmrigen Fenster.
Er betrachtete ihn lange, schloß die Augen, und starrte dann wieder hin. Seine runzlige Hand suchte zu ertasten, was er nicht mehr genau wahrnehmen konnte.
»Wissenschaftlich gesehen unwichtig ... dieser Stein, ist auch in meinen Büchern nirgends erwähnt; hätte auch niemand verstanden, welche Erkenntnis dieser Stein der

Geologie hätte vermitteln können. Er hat auch sonst nichts zu bedeuten. Für einen Meilenstein am Weg war er zu klein, und für meine Arbeit?«

Er wälzte sich mühsam auf die andere Seite. Der Stein entglitt dabei seiner Hand und polterte auf die Fliesen. In heftiger Bewegung versuchte er, nach ihm zu greifen. Vergebens, stöhnend sank er zurück in die Kissen. Einige Minuten war Stille.

»Ich bin ein Narr, mich wegen dieses Steins so zu erregen. Ein Stein! Sehr schön gezeichnet, ja, - für Künstler interessant, für einen Maler etwa, einen Baumeister, - für eine romantische Frau.«

Seine Hand krampfte sich zusammen und öffnete sich sofort wieder heftig, als er den Stein nicht fühlte. Er versuchte, vom Bett aus den Stein wiederzufinden. Aber es war schon zu dunkel geworden. Er richtete sich halb auf und mühte sich, aus dem Bett zu steigen. Die Decke, an der er sich halten wollte, entglitt ihm und fiel, ihn mit sich ziehend, herunter auf die Fliesen. Auf allen Vieren kriechend tastete er ächzend den Boden ab. Ein seltsam glucksender Laut quälte sich aus seiner Kehle, als er endlich den Stein wieder in der Hand hielt. Er küßte ihn und weinte leise wimmernd vor sich hin.

Es war inzwischen ganz dunkel geworden. Plötzlich öffnete sich die Tür, eine Hand berührte den Schalter, und ein spärliches Licht fiel auf die seltsame Szene.

»Mein Gott, Herr Professor!« Amalie war mit zwei, drei Sätzen bei dem am Boden kauernden alten Mann und hatte ihn, der sich nicht wehrte, sondern nur den Stein festhielt, mit geringer Anstrengung schon wieder warm zugebettet. Sie setzte sich auf den Bettrand und begann, beruhigend auf ihn einzureden.

Eine Weile lag er reglos mit zugekniffenen Augen da. Eine besonders liebliche Wendung ihrer Ermahnung unterbrach er plötzlich, unerwartet heftig:

»Geh, - - und komm nicht wieder, wenn ich dich nicht rufe!«

Amalie schrak auf, schluckte ein paar Mal, halb schluchzend, und stürzte dann weinend aus der Tür.

Ein langanhaltender Hustenanfall schüttelte ihn. Nur langsam gewann er einige Ruhe zurück. Wie unabsichtlich drehte er den Stein mehrere Male in der Hand, stierte wieder darauf, erkannte einige Zeichnungen, seufzte und legte ihn schließlich auf den Nachtschrank.

»Ich darf mich nicht verwirren lassen«, schärfte er sich ein, »ein Fetzen romantischer Erinnerung ist nichts gegen ein erfülltes Leben, ein Werk, das der Wissenschaft gedient, das soviel aufgehellt und sichere Grundlagen geschaffen hat für weitere Generationen ernsthafter Forscher.«

Die Gespanntheit, die in den vergangenen Stunden seine Züge verzerrt hatte, löste sich. Er atmete wieder ruhiger, und eine Andeutung von Lächeln breitete sich über sein Gesicht. Seine Augen waren weit geöffnet, ihr Blick in raumlose Ferne gerichtet. Vor ihm rollte die Geschichte der Erde ab, wie er sie gelesen hatte in den geheimnisvollen Büchern der geologischen Formationen. Welch eine Arbeit, welch eine Geduld und welch wunderbar stille Freude, wenn ein weiterer Schleier gelüftet.

»Sie ist meine einzige Geliebte«, dachte er, »ja, und sie ist einzig, diese meine Erde! In ihr innerstes Wesen einzudringen, ist eine Mühe, die ich nie zu bereuen brauchte. Sie ist geduldig und geheimnisvoll zugleich, voller Wunder und einer Klarheit, die mit gegründetem Wissen belohnt.«

Er seufzte.

»Das letzte Werk ist nicht beendet, meine letzte Hypothese noch nicht ganz ausgereift, - ach, es gibt soviele Gegner, die es noch zu überzeugen gilt, - und ich kann nicht mehr, - kann - nicht - mehr.«

Seine Augen schlossen sich erschöpft. Sein Atem wurde unregelmäßiger. Unklarer wurden seine Gedanken, konturloser, wie vorüberziehende Nebelschwaden. Er bemühte sich, ihrer Herr zu werden, sie zu kondensieren und zu klaren Begriffen zusammenzuraffen. In bedrängender Fülle, in hastiger Folge, stürzten die ungelösten Probleme auf ihn ein.

»Woher kam die Erde wirklich? Was verbirgt sie noch in ihrem Innersten? Wohin geht die Erde? - seltsam, diese Frage, diese letzte Frage, jetzt, gestellt an mich, - oder durch mich?«

In ihm war plötzlich eine große hallende Stille, wie auf einer riesigen Bühne, wenn nach wirbelndem Furioso das Ballett nach allen Seiten zurückweicht und das Tutti des Orchesters noch im Fortissimo zusammenbricht.

Und wie ein Hauch aus eiskalter Ferne: «Die Erde? - - und ich, - und ich?»

Der alte Mann war wie tot in sich zusammengefallen, noch während sich die letzte Frage von seinen Lippen quälte.

Als er nach einigen Stunden wieder zum Bewußtsein erwachte, war Mitternacht schon vorbei. Sein Geist schien klar und kühl. Er wußte plötzlich, daß er den kommenden Morgen nicht mehr erleben würde. Aber es war, als ginge es ihn selbst gar nicht an, so als habe er eine neue Erkenntnis gewonnen, die ihren ordentlichen Platz in einem seiner Werke schon finden würde.

Er begann, im Zimmer umherzublicken und seine Lieblingsfunde mit der Freude des Fachmanns wohlwollend abzuschätzen. Es erfüllte ihn dabei eine stolze Genugtuung, wie sie etwa ein Lehrer empfinden mag, wenn er seine besten Schüler vor der Prüfungskommission hatte glänzen lassen können.

Nach diesem kurzen, verständnisvollen Examen in eigener Sache fiel ihm wieder seine gerade neuerworbene Erkenntnis ein. Selbstverständlich hatte er sich auch schon früher, allein und in Disputen mit guten Freunden, mit den Zwangsläufigkeiten des Lebens auseinandergesetzt, zu denen eben auch der Tod zählt. Aber, wie es üblich ist, hat man dabei mehr den Tod 'als solchen' als den eigenen Tod oder etwa noch das eigene Sterben im Sinn.

Immerhin barg der Tod also keine prinzipiellen Probleme. Es kam vielmehr jetzt darauf an, aus einer klaren Erkenntnis den folgerichtigen Schluß zu ziehen. Er überlegte noch einmal kurz, ob alles geordnet war, - ja, er hatte alles getan, was ein Mann in seiner Lage tun konnte. Leibliche Familie, die zu versorgen wäre, hinterließ er nicht, und für seine geistige hatte er sicher für einige Jahrzehnte vorgesorgt. So konnte er im Frieden den Weg in seine geliebte Erde gehen.

Hier stockten seine Gedanken und eine leichte Unruhe bemächtigte sich seiner. Sollte er die ahnungslose Amalie nicht doch noch zum Arzt schicken? War nicht die moderne Medizin mit den erstaunlichsten Mitteln bereit, Schmerzen zu lindern und Leben zu verlängern?

Er drehte sich auf die Seite und bemerkte mit plötzlichem Erschrecken, daß es nur mit kaum zu ertragenden Schmerzen möglich war. Er öffnete den Mund, um zu rufen, - da fiel sein Blick auf den auf dem

Nachttisch liegenden roten Stein. Ein unheimliches Zittern befiel seinen Körper, und es schüttelte ihn minutenlang wie in einem Schneeschauer. Seine Augen starrten fasziniert auf die zarten rötlichen und weißen Äderungen des Marmors: Eine gerade, feingebildete Nase zeichnete sich ab, darunter in wunderbar zarter Schwingung ein Schatten junger Lippen und ein liebliches Kinn.

Mit unendlicher Anstrengung hatte sich der alte Mann immer näher an den Stein herangezogen, sein Blick umkrampfte das Bild in furchtbarer Qual, langsam, mühselig schob er seine Hand an den Marmor, ergriff ihn und hob seinen Arm mit letzter Kraft, - doch der Marmor entfiel der erstarrten Hand und ritzte im Fall ihm die Schläfe.

* * *

Die Hochzeitsnacht

So brachte er seine Frau heim. Sie strahlte in makellosem Weiß. Ihre dunklen Augen glänzten, und ein geistiger Schimmer machte ihr zartes Gesicht wie durchscheinend. Er trug sie über die Schwelle seiner Wohnung, öffnete mit einer Hand die Tür zum Wohnzimmer und setzte sie sanft auf den neuerstandenen Armsessel. Er rückte sich einen Schemel heran und setzte sich so, daß er, die Hände auf ihren Knien, sie ganz von nahem ansehen konnte. Beide schwiegen. Sie legte ihre Hand leicht auf seinen vorgeneigten Kopf und streichelte ihn hin und wieder.

Er hatte seine Frau von der Straße geholt, wie man auf dem Weihnachtsmarkt eine Tanne ersteht. Er hatte bemerkt, daß sie schön und ebenmäßig gewachsen war, aber es wäre zu mühsam gewesen, genau zu prüfen, ob nicht schon einige Zweige eingeknickt, oder sogar die Nadeln schon vor Dürre abfielen. Kam es überhaupt so sehr darauf an, wie sie war? Sie sollte ja nicht in ihrer natürlichen Nacktheit bleiben! Er hatte in all den Jahren des Wartens bunte Kugeln, Ketten und Engelshaar genug aufgehäuft, das nur darauf wartete, die wunderbare Wandlung zu vollziehen.

Nun war es soweit. Der Baum mußte geschmückt

werden, bevor die Tür sich öffnen, und die langersehnte Bescherung beginnen konnte.

Er nahm ihre Hände, und unter dem zarten Druck seiner Finger füllten sie sich mit der aufopfernden Liebe seiner Mutter. In seine Augen stiegen Tränen, so überwältigend fühlte er, wie nahe sie ihm war.

Gewaltsam riß er sich los. Tief aus seiner Erinnerung stieg ein Bild, das seine Hände herauftasten ließ, bis er die kleinen Brüste seiner Frau umfaßte. Es war jenes zauberhafte junge Mädchen, das er als Siebzehnjähriger zwei Wochen lang jeden Morgen in einem stillen Waldsee hatte baden sehen, und dessen junge Brust ihn wie ein seltsames Gift reiner Lust lange Zeit verwirrt hatte. Hier war sie, die damals Unerreichbare, nun in seiner Gewalt.

Er fing heftig an zu zittern und legte hastig seine Hände zurück auf ihre Knie. Ihr Blick strich über seine flackernden Augen. Er wich ihm aus und stürzte sich in die dunklen Wellen ihrer duftenden Haare. Da war sie wieder, jene geheimnisvolle Frau, deren schwarze Haarflut ihn fast erstickt hatte in einem Gemisch von Wahnsinn und göttlichem Entzücken. Er erhob sich brüsk und grub seine Hände in verzweifelter Besessenheit in ihren Haarberg. Sie ließ es geschehen und rührte sich nicht.

Erschöpft sank er zurück auf seinen Hocker. Sie strich sich ihr Haar notdürftig zurecht und lächelte ihn an. Ihr Gesicht war überhaucht von einem Schimmer mitleidigen Glücks. Er blickte fasziniert auf die feinen Bogen ihrer Brauen und die sich darüber wölbende klare Stirn. Ein erfrischender kühler Luftzug wehte von dort in den schwülen Dunst seiner leidenschaftlichen Niederungen.

So war es in den Jahren einer Freundschaft gewesen, die ihn weit von sich entfernt hatte, fort in die heiligen Bezirke begierdeloser Geistigkeit. War er wieder auf der Wanderung dorthin? Oder war er schon inmitten jener Tempel, die er so geliebt hatte?

Zaghaft erhob er seine linke Hand und legte sie wie bittend auf die Fläche ihrer Stirn. Ein kühler klarer Märzmorgen breitete sich in ihm aus. Seine Lippen formten fast lautlos einen Namen, den sie nicht verstand. Es fröstelte sie leicht, und ihre Arme fielen schlaff neben den Sessellehnen herab.

Er bemerkte es nicht. Doch drang es plötzlich in sein Bewußtsein, daß ein Schatten auf ihre Augen gefallen war. Er beugte sich leicht über sie, aber seine Augen vermochten die hereingebrochene Dämmerung nicht mehr zu durchdringen. Er machte sich Vorwürfe, solange gezögert zu haben und bat sie um Verzeihung. Sie wandte sich ihm ganz zu, und indem sie den Arm um ihn schlang, näherte sie sich seinem Munde.

Da erblickte er plötzlich die unheimliche Tiefe in ihren Augen und erstarrte in Schreck und Verzückung. Bebend in Nacktheit lag sie in seinem erkennenden Blick. Aber er ertrug es nicht. Er griff mit beiden Händen in die für diesen Augenblick aufgehäuften Schätze und überschüttete sie mit den wunderschönsten Kleidern, den erlesensten Schmuckstücken, die er bei den berühmtesten Künstlern, den erfahrensten Werkstätten eingekauft hatte. Über der Tiefe ihrer Augen lag nun eine goldene Decke, und er wurde gewahr, daß er sie unendlich schön gemacht hatte.

Er hob sie mit starken Armen auf, trug sie in das Schlafzimmer und entkleidete sie. Sie wehrte sich nicht.

Gehorsam folgte sie seinen hastiger werdenden Griffen. Als er ihre Schultern entblößte, ergriff es ihn wie ein Anfall, und sein Mund stürzte auf ihre offenen Lippen. Aber noch bevor er sie berührt hatte, wandelten sie sich in wildem Kreisel in die lockenden, lachenden, lüsternen Lippen jener Frauen, die er begehrt hatte.

Wie irre sprang er auf und starrte auf die zitternde Frau unter ihm. In äußerster, wütender Verzweiflung schrie er sie an:

»Wer bist du?« Dann brach er zusammen.

Sie lag eine lange Zeit wie erstarrt. Schließlich erhob sie sich mühsam. Mit einiger Anstrengung vermochte sie, ihn ins Bett zu ziehen, nachdem sie ihn der unbequemsten Kleidung entledigt hatte. Sie legte sich an seine Seite, bettete seinen willenlosen Kopf in ihrem Arm und schlief bald darauf ein.

Am nächsten Morgen sah er sie, wie sie war. Sie war ein wenig rundlich, hatte leichte Falten um Nase und Augen und ging etwas schleppend. Als er erwacht war, war sie gerade dabei gewesen, ihm ein kleines Frühstück zuzubereiten. Sie trug ein einfaches Hauskleid. Ihre Augen blickten ihn zärtlich prüfend an.

»Wo war ich solange?« fragte er, und seine Stimme zitterte klanglos und erschöpft.

Sie nahm seine Hände und streichelte sie sanft. Er sah ihre Augen, sie waren blaß blaugrau mit braunen Äderchen.

»Du warst draußen«, sagte sie langsam, »aber jetzt bist du drinnen, bei mir.«

* * *

Blahton - der jung verhallte Redeweise spricht

Verwählte Insassen, hart geprüfte Hosenträger,
Fahrgäste linker Bäuche,
laßt mich angesichts besonnter Floskeln ungeschoren, ungebeten, ungenau gerupfte Katzenbuckel reiben. Denn seit leergefegten Feiertagen jagen, jodeln, jauchzen querbezopfte Kindermädchen hochbezahlte Platzkonzerte, während ferne in Trabantenstädten umgeleitet Grabgesänge murren. Wer verdient die Hebelwirkung langgezogner Unterwäsche? Kennen denn die glanzverkürzten, manngeschwächten Habenichtse wirklich noch Bedürfnisrechte?

Aber hier verdichten, ja, bekränzen ganz und gar verdaute Artgenossen hinterrücks beschneite Schützenhilfe! Und der heftig aufgeschlitzten Magernahrung fehlen trotzdem noch die Knospen! Denn wenn Luthers Hintergarten, Goethes aberwitzig abgenutzte Pseudonyme, Bismarcks unversöhnlich streng geschürzte Steckenpferde, alle miteinander hochgewürfelt, keinen windelweichen Funktionär beflecken, dann erbleicht die blondgelockte Ackerfurche unter wiederhergestellter Chancengleichheit.

Doch gemach, partout nicht so! Wer kohlt, der spritzt, sprüht auf die sinngefüllte Larve. Und aufgebrüht ist immer noch der ewig gestrigen Verkäufer schlimme

Kunst, der abgeschmackten Wendehälse glutäugige Verteidigung. Nehmt's nicht so grün! Denn Wangen zittern wohl im Paragraphen-Dschungel, doch wen'ger noch erbringt der bratenrockverhärmte Millionär.

Wenn schließlich noch die rotgestreiften Hintertüren über abgewrackter Abendbühne die kurzgeschorenen Geschwister abart'gen Bettgeflüsters ganz vergessen lassen sollen, dann gilt es aufzubocken, abzusacken, ja, wenn nötig, gänzlich abendfüllend zu betropfen, bis der Clan der Hinterbänkler endlich seine frühgeprüfte Preisverteilung voll versteuert.

Meinen manche Magermilchverteiler doch, vermummten Engelmachern aufzusitzen, wenn sie, heimlich noch verdutzt, öffentlich jedoch, Politikern des Barometers sturmzerfetzte Bagatelle hinterfragen. Doch aufgeschob'ne Bauernhöfe, auch läutende Gerichtsurteile nicht, verblenden mehr die windgebeutelte Vergangenheit. Längst hat der Griechen aufgewärmter Harkenstil, der Römer immer wieder falsch gerammter Bodensatz, und auch der Zeitgenossen keck gedünstete Verlegenheit die ganze Schar der eingeschlafenen Hintersassen ins All hinausgeschossen.

Doch niemand wirkt, wenn wackelnd schon der Lüfte Häkelspitzen klappern. Es führt dazu, daß heute Wickelkinder verhinderte Beamtenbräute säugen, nicht achtend aufgetürmter Besserwisser, die immer noch die Schlitze lehmbespritzter Asylanten hoch verehren. Doch denen wird das Lachen noch verdünnen, wenn mittags aufgestaute Quiz-Bewerber durch Gestrüpp behutsam gegensteuern, wenn abermals der fernsehfeindliche Asket das weite Panorama längst verfallener Wortsalate schwängert, und schließlich noch die Horde weißverhüllter Wackersteine den Durchlaß vieler Badestuben klammert.

Gehorsam wohl, jedoch auch Glyzerin! Gesang gelotet, aber schimmelfrei, und das nicht nur auf bleichen Bindern, nicht nur, wenn steife Leisetreter betteln, nein, auch wenn apfelgroße Bruderkutten peinlich wirken!

So lassen wir uns den grämlichen Atlas nicht verdicken, die böse beleumundete Achtung nicht abkaufen! So nicht! Wenn, dann! Dazu auch noch Behuf, Feuchtigkeit und Bedrängnis!

Auf zum Krawall, zur alles bewältigenden Konkursmasse, die Hände hinter den Beschlüssen und die Kragen voller Bedürfnisse! Niemand wird uns verkümmern, wenn wir uns diskret unter dem Waffeleisen ausweinen. Viel mehr lügt und betrügt jeder Tourist viel länger als nötig im Wattenmeer, obwohl dadurch keine Dressur der Unterernährung abgewürgt wird.

Wann wird endlich die tropfende Universität, ja, die ganze Bedeutungslosigkeit übelriechender Aufklärungsarbeit in den Gletschern des Goldenen Zeitalters abgekocht? Wir warten auf Trab, gewitzigt durch wenige Abtritte. Gern sitzen wir ab, was noch des Galgens hitzige Warnungen bedauern. Denn grob ist nicht grau und witzig nicht überhäuft. Überhaupt nicht!

* * *

Ein Schuß

Das Merkblatt über die zeitweilige Versorgung zeitweilig unversorgter werdender Mütter ist eindeutig abgefaßt. Der Einwurf erfolgloser Antragstellerinnen: »Sie lesen das bestimmt nicht richtig!« ist absurd. Als könne es sich um ein optisches Problem handeln, wo allenfalls erfahrene Interpretationstechnik angezeigt wäre!

Aber bei diesen erst jüngst dem sozialen Gewissen abgerungenen Verordnungen bedarf es keiner Interpretation.

Herr Lampe, fachlicher Kommunalangestellter, hat das gleich nach dem ersten Studium des ungewöhnlich konzis gefaßten Merkblatts festgestellt: Es ist ein klarer Dreiklang, dessen Dominante 'zeitweilig' lautet: Zeitweilig unversorgt wird zeitweilig versorgt während eines zeitweiligen Zustandes, nämlich der Schwangerschaft.

Allerdings stellt sich alsbald heraus, daß diese Klarheit im Konzept nicht so die Entsprechung in der rauhen Wirklichkeit findet. Oder es liegt daran, daß dem Normalbürger eine klare Einsicht in seine eigenen Verhältnisse fehlt. Jedenfalls ist es in einem Monat bestehender Gültigkeit bisher noch keiner werdenden Mutter gelungen, ihre Verhältnisse mit denen in der

Verordnung vorgesehen so in Deckung zu bringen, daß sie zeitweilig aus der Gemeindekasse versorgt werden konnte. Und das, obgleich Herr Lampe durchaus menschlich auf die ihm ohnehin meist bekannten Antragsteller eingeht.

Da kommt also zum Beispiel eines Morgens Fräulein Baum in sein Amtszimmer. Lore, so ihr Vorname, ist Tochter des Dezernenten der Müllentsorgung. Der Herr Dezernent seinerseits ist Skatbruder des Herrn Lampe. Kein Wunder also, daß dieser bestens darüber informiert ist, daß die Lore eine Schlampe ist, ihr Vater sie hinausgeworfen hat, usw., usw.

Diesem außerdienstlichen Tatbestand gestattet aber Herr Lampe keinen Einfluß auf seine menschliche Haltung der Bittstellerin gegenüber. Er fragt also durchaus freundlich, die eben erst erhaltene Tasse Kaffee entschlossen beiseite schiebend:

»Sie heißen?« legt ein achtseitiges Formular vor sich hin und greift nach einem Kugelschreiber.

Lore: »Baum!«

»Vorname?«

»Lore.«

Geburtstag, Geburtsort, Vater, Mutter u.s.w. werden reibungslos festgeschrieben.

Schließlich: »Seit wann schwanger?«

Lore, rot geworden: »Wohl seit acht Monaten.«

»Ärztliche Bescheinigung?«

»Habe ich nicht.«

»Also bitte nachreichen!«

Lore, aufsässig: »Sieht man das denn nicht?«

Herr Lampe, unbeirrt: «Wenn Sie fragen, ob ich's nicht sehe, daß Sie hochschwanger sind, so muß ich sagen, daß ich's auch schon weiß, ohne es gesehen zu haben. Aber dieses Formular weiß es nicht und kann auch nicht sehen. Also bitte eine ärztliche Bescheinigung.«

Er lächelt aufmunternd: »Und seit wann unversorgt?«
»Wieso unversorgt? Ich versorg' mich doch selbst!«
»Ja, ich versteh' schon, daß Sie sich selbst versorgen, wie Sie es meinen. Aber hier geht es doch wohl um die finanzielle Versorgung, die wegen Ihrer Schwangerschaft unterbrochen wurde, oder?«

Herr Lampe bleibt durchaus geduldig, Lore dagegen wird nervös.

»Wieso unterbrochen? Mit dem Geld hat es doch nie geklappt, seit ich von zu Hause weg bin!«

»Und warum kommen Sie erst jetzt?« Es klingt fast spöttisch, »wann rechnen Sie denn mit der Entbindung?«

»Am dreißigsten Juni, und es ist ein gesunder Junge, sagt der Arzt!«

Lore ist sichtlich stolz.

»Das sind ja, - warten Sie mal«, er blickt auf den hinter ihm hängenden Monatskalender, »das sind ja nur noch achtundzwanzig Tage! Wenn das so genau stimmt! Und für diese vier Wochen wollen Sie nun den Antrag auf Versorgung stellen?«

»Ich will gar nichts! Willy sagt mir jeden Tag, ich soll hingehen und die Schwangerschaftshilfe holen. Er sagt, es gibt da ganz neue Bestimmungen, und wir können auf das Geld nicht verzichten!«

Lore steht auf. »Es ist besser, ich komme morgen nochmal und bringe ihn mit!«

Und schon ist sie zur Tür hinaus.

Herr Lampe ist verblüfft, auch enttäuscht; denn er war überzeugt, er hätte hier endlich einen Fall vor sich, den er zum schließlichen Erfolg führen könnte: der zeitweiligen Versorgung einer werdenden Mutter. Aber nun? Den Willy kennt er natürlich. Er heißt Willy Gärtner und ist auch Gärtner. Sein Vater ist Gartenbauarchitekt. Beide, Vater und Sohn, sind Quartalssäufer. Und wie sie nur zeitweilig saufen, arbeiten sie auch nur zeitweilig. Willy, der Sohn, lebt mit der Lore zusammen in einem verfallenen Gartenhäuschen, und das schon seit einigen Jahren. Aber nun kommt ein Kind, und Willy, ohnehin Choleriker, wird immer unverträglicher.

Als er aber am kommenden Vormittag zusammen mit Lore vor Herrn Lampe sitzt, benimmt er sich anfangs manierlich und verständnisvoll. Er scheint auch zu begreifen, daß eine zeitweilige Versorgung nur möglich ist, wenn nachweislich festgestellt werden kann, ab wann die werdende Mutter unversorgt ist.

»Sehen Sie«, versucht es Herr Lampe noch einmal, »wenn Sie schon immer bedürftig waren, also auch schon vor der Schwangerschaft, ist doch die Zeitweiligkeit nicht gegeben. Dann hätten Sie schon lange beim Sozialamt einen Antrag auf Unterstützung stellen sollen!«

Willy Gärtner steht auf, zerrt auch Lore hoch und brüllt, kaum noch beherrscht: »Sie elender Tintenkleckser! Sie sind es, der nicht will! Wir sind Ihnen zu unsittlich! Solche Parasiten darf man nicht unterstützen! Aber ich werde andere Saiten aufziehen, um zu unserem Recht zu kommen!«

Ein dramatischer Abgang. Herr Lampe übersteht ihn mit Würde. Was für andere Saiten sind das, die der Gärtner aufziehen will? Er hat ein ruhiges Gewissen und wendet sich dann auch bald anderen Aufgaben zu. Nach einer Weile öffnet er das Fenster, um die warme Frühlingsluft herein und den Rauch seiner Zigarre hinauszulassen. Er sitzt gerade wieder an seinem Schreibtisch, als plötzlich ein Schuß fällt, genauer gesagt, ein Geschoß an seinem linken Ohr vorbeipfeift. Er fällt buchstäblich vom Stuhl, in Deckung kriecht er unter den Tisch. Außer dem Geräusch eines davonfahrenden Motorrades ist nichts zu hören. Es ist wieder still. Herr Lampe erholt sich langsam von seinem Schreck, müht sich aus seiner Deckung, rückt den Stuhl zurecht und setzt sich. Dann greift er zum Telefon: »Verbinden Sie mich sofort mit der Polizei!«

Als nach etwa einer Stunde ein Kriminalbeamter in der Amtsstube erscheint, ist Herr Lampe wieder soweit gefaßt, daß er ohne Stocken seinen Namen, Adresse, Beruf, Geburt, verheiratet seit wann, eben alle diese Daten hersagen kann, die für die Aufklärung eines mutmaßlichen Verbrechens so wichtig sind. Schließlich gibt ihm der Kriminalist, ein noch junger, aber sichtlich gründlicher Beamter, Gelegenheit, über den Fall Näheres auszusagen.

»Sehen Sie«, kommt Herr Lampe zum Schluß, »für mich ist sicher, daß der Schütze der werdende Vater war - «

»Halt!« unterbricht der Kriminalbeamte, »bevor Sie sich da in eine wahrscheinlich falsche Verdächtigung verrennen, möchte ich Sie bitten, doch von Schlußfolgerungen abzusehen, für die unsereins vorgesehen ist. Ich habe schon in der Schule gelernt, daß ein 'Werdendes' noch nicht 'ist', also auch nicht handeln kann. Ein werdender Vater kann demnach als solcher auch nicht handeln, also auch nicht schießen!«

»Aber d a s sagt Ihnen nichts«, unterbricht ihn seinerseits Herr Lampe, «daß das Geschoß genau den dreißigsten Juni hier auf dem Kalender traf, also den Tag, an dem laut aktenkundiger Aussage der werdenden Mutter das Kind geboren wird?«

»Nur schön langsam, werter Herr Lampe! Erstens sagte ich Ihnen schon, daß nach meiner Meinung das, was da in ihrem Kalender am dreißigsten Juni steckt, mehr nach einer Niete aussieht als nach einem Geschoß, wobei ich zugebe, daß ich mich irren kann, und man die amtliche Untersuchung abwarten muß. Zweitens aber erscheint mir Ihre Idee, dieser Gärtner hätte ausgerechnet auf den Tag geschossen, an dem er Vater wird, absurd. Außerdem bin ich überzeugt davon, daß ein Gärtner, statistisch gesehen, als Schütze nicht in Frage kommt. Da gibt es andere Berufe, die von vornherein viel belasteter sind!«

»Aber ich habe ihn doch mit seinem Motorrad wegfahren hören, mit derselben japanischen Maschine, mit der er vorher mit der Lore hier war!«

Herr Lampe wehrt sich verzweifelt.

»Sie haben das Motorrad doch nicht gesehen, nicht wahr, sondern nur ein sich entfernendes Motorengeräusch gehört! Klang dieses drrr, drrr, drrr? Oder mehr rerrr, rerrr, rerrr?«

Der Kriminalist blickt Herrn Lampe herausfordernd an.

»Ich weiß nicht, drrr oder rerrr, vielleicht war es auch mehr rorrr, rorrr, aber - «

»Sehen Sie, daß Sie schon jetzt das gehörte Geräusch nicht mehr zweifelsfrei einordnen können? Und darauf wollen Sie eine Anklage auf versuchten Mord aufbauen?«

Der Kriminalbeamte packt seine Akten zusammen, steht auf, nimmt den Kalender von der Wand, legt ihn dazu und sagt im Hinausgehen: »Wir werden natürlich auch untersuchen, wo der Gärtner zur Tatzeit war. Aber ich bin sicher, daß dabei nichts herauskommt. Ein Gärtner hat nicht schießen gelernt, und schon gar nicht auf den dreißigsten Juni!«

Herr Lampe, alleingelassen, hält es auch nicht mehr in diesem Zimmer, in dem auf ihn ein Mordanschlag verübt wurde. Er geht noch einmal zu seinem Vorgesetzten, den er zuvor schon unterrichtet hatte.

»Gibt es keine Möglichkeit des Wechsels, ich meine hier im Amt?« drängt er den Amtsleiter.

Dieser, wohlwollend, denkt kurz nach.

»Ja, ja, ich glaube schon. Da ist der arme Diestel, der sich dauernd über sein zugiges Zimmer auf der Nordseite beschwert. Ich glaube, er wäre glücklich, auf die Südseite zu kommen.«

Am nächsten Tag schon sitzt Herr Lampe im zugigen Zimmer der Nordseite. Sein Ressort: Schule, Sport, Gesundheit. Ein interessantes Gebiet, das durchaus in der Lage ist, ihn von der schrecklichen Erfahrung im Bereich der werdenden Mütter abzulenken.

Leider jedoch dauert die Erleichterung nur zwei Tage. Beim Skatabend am Donnerstag erfährt er nämlich von Herrn Baum, daß dessen Tochter vorzeitig niedergekommen ist und ein schwächliches Mädchen geboren hat.

»Ich denke, es sollte ein gesunder Junge sein?«

»Was weiß ich, der Arzt hat sich eben geirrt!«

Der gewordene Großvater will offensichtlich nicht weiter gefragt werden.

Erst nachts, als er nicht schlafen kann, wird Herrn Lampe klar, was diese Nachricht bedeutet: Es ist ein schwächliches Mädchen, das die Lore zu früh geboren hat. Welcher Gedanke liegt näher als der, daß ein solch schwaches Kind später zur Erholung geschickt werden muß? Und welches Ressort ist dafür im Gemeindeamt zuständig? Schule, Sport, Gesundheit! Und das ist jetzt sein Ressort, das er sich in unbegreiflicher Übereilung selbst aufgehalst hat!

In den nächsten schlaflosen Nächten wird Herrn Lampe immer mehr die Unausweichlichkeit einer neuen Konfrontation mit dem mutmaßlichen Mörder Gärtner klar. Diese Obsession führt ihn schließlich dazu, seine Versetzung in die Stadt zu beantragen. Der Amtsleiter, dem der unausgeschlafene Herr Lampe langsam zu einer untragbaren Belastung der Amtsgeschäfte wird, verwendet sich empfehlend und hat nach zwei Wochen auch Erfolg.

»Sie haben Glück«, begrüßt er den herbeigerufenen Herrn Lampe, »ab 1. August haben Sie eine Planstelle im Wohnungsamt!«

»Ich bin sehr glücklich!« bedankt sich Herr Lampe.

Er wird nun zwar eine Stunde früher aufstehen müssen und auch eine Stunde später zu Hause sein, aber was macht das schon! Er entrinnt endlich der tödlichen Gefahr, die ihm den Schlaf raubt.

Und wirklich schläft er in der folgenden Nacht zum ersten Mal wieder fast durch.

Am 1. August tritt Herr Lampe seinen Dienst im Wohnungsamt an. Wen wird es wundern zu erfahren, daß der erste Antragsteller, der sein Amtszimmer betritt, Herr Gärtner ist? Der sucht nämlich händeringend eine Sozialwohnung, nachdem es mit dem schwächlichen Kind in dem feuchten Gartenhäuschen untragbar geworden ist.

Vergebliche Warnungen

Es gab nichts, was ihn wirklich bewegen konnte. Er stand wohl mitten im Leben, wie man so sagt, aber um ihn herum war es seltsam still, als läge sein Schiff verankert in einer ruhigen Bucht, in der selbst eine nahe Brandung nicht zu hören ist. Und doch hätte jeder seiner vielen Bekannten von ihm gesagt, daß er mit beiden Beinen auf der Erde stehe.

Auch er selbst hatte die gleiche Meinung von sich. Wohl war ihm aufgefallen, daß ihn nichts zu erregen vermochte. Er schrieb das aber mehr einem nüchternen Tatsachensinn zu, den er zu haben glaubte, und der ihn seiner Ansicht nach zu beachtlichen beruflichen Erfolgen verholfen hatte. Im Grunde genommen aber interessierte ihn auch dieser Erfolg nicht. Er benutzte ihn wie ein Spaziergänger einen gut angelegten Weg, dessen Ende er nicht kennt, und das ihm auch gleichgültig ist.

Seine Ehe wurde von den Nachbarn als mustergültig angesehen. Seine Frau wurde nicht wenig beneidet. Denn er war ein liebenswürdiger Gatte mit guten Manieren und gleichmäßiger Freundlichkeit. Es verging kein Abend, an dem man ihn nicht mit seiner Frau am Arm seine etwa halbstündige Runde durch den nahe gelegenen Park machen sah.

Auch im Hause herrschte eine angenehm temperierte Atmosphäre. Gäste, die zu den etwa monatlich einmal stattfindenden kleinen Gesellschaften geladen waren, wußten viel Rühmenswertes von der unaufdringlichen Freundlichkeit des Hausherrn zu berichten. Allerdings gab es wohl dann und wann einen unzufriedenen Außenseiter, der bemerkt haben wollte, daß der Gastgeber unmenschliche Züge trage. Aber solche Meinung blieb isoliert.

Von seiner Frau läßt sich wenig sagen. Sie war ein hübsches, bescheidenes Wesen, angenehm im Umgang mit den Freundinnen, nicht zu gesprächig, aber auch nicht abweisend schweigsam. Die Dialoge mit ihrem Mann zeichneten sich durch eine fast künstlich erscheinende ausbalancierte Gleichgewichtigkeit der Rollen aus.

Das Ehepaar hatte eine Tochter, ein Mädchen von etwa fünfzehn Jahren. Sie besuchte noch die Höhere Schule. Man sagte allgemein, sie sähe ihrem Vater sehr ähnlich. So war es auch zweifellos, und zwar nicht nur in der äußeren Erscheinung. Sie schien wie er von gleichmäßiger Gemütsart, distanziert und doch durchaus freundlich. In ihrer Klasse war sie beliebt, mehr noch bei den Lehrern als bei ihren Mitschülern.

Obgleich das Mädchen das einzige Kind in seiner Ehe geblieben war, war es doch nicht dazu gekommen, daß es im Herzen des Vaters oder in seinen Gedanken einen zentralen Platz eingenommen hätte, wie es sonst bei einem Einzelkind der Fall zu sein pflegt. Auch war das Heranwachsen des Kindes und seine bisherige Laufbahn in der Schule so völlig ohne Komplikationen geblieben, daß auch der äußere Anlaß fehlte, es ihm zum Objekt seines Interesses, geschweige denn seiner Sorge werden zu lassen.

So herrschte zwischen Vater und Tochter ein Verhältnis, das man nur als beziehungslos bezeichnen kann. Immerhin war es noch ein Verhältnis. Denn die Formen und Gebräuche des täglichen häuslichen Lebens verbanden die kleine Familie doch bis zu einem gewissen Grade, und da sie ohne Zwang und Strenge gehandhabt wurden, schien sich auch das Mädchen ohne Widerspruch darein zu fügen.

Einige Wochen, bevor das geschah, wovon später noch die Rede sein wird, zeigte sich nun in dem Benehmen des Mädchens eine gewisse Veränderung. Die Mutter hatte einige Unregelmäßigkeiten zu rügen, und die Tochter reagierte darauf mit kaum verhohlener Aufsässigkeit.

Als der Vater abends nach Hause kam, berichtete seine Frau ihm darüber. Er hörte auch aufmerksam zu, bemerkte aber selbst mit einiger Verwunderung, wie wenig ihn der aufgeregte Bericht anzugehen schien. Als sie geendet und darauf wartete, von ihm Ratschläge für ihr künftiges Verhalten in der plötzlich so veränderten Situation zu erhalten, fand er sich nur zu einigen belanglosen Redensarten bereit. Zum ersten Mal sah ihn seine Frau mit erwachtem Erstaunen an. Doch er nahm nur ihren Arm, und der übrige Abend verlief in den gewohnten, wohlgeordneten Bahnen.

Kurz nach diesem Vorfall, es war nun schon dunkel, wenn er abends das Büro verließ, ereignete sich ein weiterer. An einer belebten Kreuzung hatte er beim Wechsel der Verkehrsampel auf Rot zu spät gebremst und stand nun mit seinem Wagen halb auf dem Fußgängerübergang, so daß sich der Menschenstrom an seinem Kühler vorbeizwängen mußte. Plötzlich erkannte er seine Tochter, eingehakt zwischen zwei jungen Männern. War es der Engpaß, den er selbst verursacht hatte, der die drei so eng zusammenpreßte, oder waren sie vordem schon so gegangen, daß man an eine Verschwörung denken konnte?

Als die Ampel auf Gelb umsprang, waren Mädchen und Begleiter im Gewühl untergegangen. Grün kam, und sein Wagen setzte sich wie gewohnt in Bewegung. War etwas Außerordentliches geschehen? Er versuchte, sich darüber klar zu werden, ob er beunruhigt, besorgt sei. Aber obgleich in ihm das Bewußtsein war, daß nun irgendetwas von ihm verlangt wurde, rückte doch die eben abgelaufene Szene unaufhaltsam in eine solche Entfernung, daß jede Aufmerksamkeit in ihm erlosch.

Als er zu Hause angekommen war, erzählte er seiner Frau nichts von dem Vorgefallenen. Er prüfte nicht einmal, ob seine Tochter, wie es zu dieser Tageszeit sein mußte, zu Hause war. Die Automatik des Abends rollte ab, und als später seine Tochter herunterkam, um am Abendessen teilzunehmen, fand er keinen Anlaß, sich mehr für sie zu interessieren als üblich.

Nun war es allerdings nicht so, daß er jenen Blick in eine unerwartete Gefahr einfach vergessen hatte. Vielmehr fing er später, als seine Frau schon ins Bett gegangen war, an, sich die Einzelheiten der kurzen Begegnung zu vergegenwärtigen. Dabei sagte ihm sein Verstand eindeutig, daß sich etwas Unangenehmes, ja vielleicht eine Katastrophe vorbereite, und daß es seine Pflicht sei, dies zu verhindern. Gleichzeitig erkannte er aber, daß ihn weder Sorge noch Liebe oder sonst ein Gefühl würde zur Tat getrieben haben, falls er sich überhaupt dazu bereitfinden würde.

Zum ersten Mal in seinem Leben packte ihn eine Art Entsetzen, nicht vor den Gefahren, die möglicherweise seiner Tochter oder etwa ihm selbst drohen könnten, sondern vor der plötzlich erkannten Tatsache seiner völligen Einsamkeit, und zwar einer Einsamkeit von ganz besonderer Art. Wer einsam ist, hat doch wenigstens sich selbst. Ihm wollte es nun aber plötzlich scheinen, als habe er nicht einmal das Gefühl für sich selbst, noch fast von sich selbst.

Erst sehr spät ging er an diesem Abend schlafen, nachdem er beschlossen hatte, am nächsten Tag, der ein Sonnabend war, mit seiner Tochter zu reden.

Nach dem wie üblich verlaufenen Essen am nächsten Mittag behielt er sie also im Wohnzimmer zurück und bat seine Frau, sie allein zu lassen. Er setzte sich in einen Sessel und forderte seine Tochter auf, ihm gegenüber auf einem Stuhl Platz zu nehmen. Sie tat es ohne Widerspruch. Er sah sie eine Weile prüfend an. Ihre Augen waren grau wie seine, von einem angenehm nüchternen Grau, wie er stets befriedigt festgestellt hatte.

In dieser Minute aufmerksamen Studiums meinte er zum ersten Male feststellen zu müssen, daß die Augen seiner Tochter eine kalte, fast spöttische Überlegenheit ausstrahlten. Dieser Eindruck entstand bei ihm umso mehr, als das Mädchen dem Blick seines Vaters mit unbewegter Offenheit standhielt, ohne eine Regung von Neugierde, was es mit dieser außergewöhnlichen Audienz auf sich haben könnte.

Er zögerte ein wenig und raffte sich schließlich zu der Frage auf, warum sie gestern nicht zur gewohnten Stunde zu Hause gewesen wäre. Ihre Antwort, vorgebracht mit einer künstlich hochgeschraubten Stimme, bestand in der Gegenfrage, seit wann er sich darum kümmere, ob sie auch außerhalb der Zeiten zu Hause sei, an denen die Familie sich nach den überkommenen Regeln zu treffen habe. Er stutzte. Kein Vorwurf klang an in dieser ungebührlichen Antwort, auch nicht eine Spur von Auflehnung, nur kalte Verwunderung, distanziert und nicht übermäßig interessiert.

Bevor er noch eine passende Antwort gefunden hatte, stand sie ohne Hast auf und verließ den Raum. Er hörte sie die Treppe hinaufgehen und nach wenigen Minuten wieder herunterkommen. Dann klappte die Haustür hinter ihr zu.

Während dieser kurzen Zeitspanne war er in einer seltsamen Erstarrung in seinem Sessel sitzengeblieben. In dem Augenblick, als seine Tochter aufgestanden war, hatte sich in seinem Bewußtsein eine plötzliche Spaltung vollzogen. Während seine Gedanken die Schemen seiner Auffassung von der Ordnung in der Familie durchliefen, um die jetzt notwendig gewordene Maßregelung seiner Tochter zu bestimmen, blickte eine Art neuentstandenes inneres Auge fasziniert auf ihn selbst.

Dieses Auge hypnotisierte ihn derartig, daß er zu irgendeiner sofortigen Handlung gegenüber seiner Tochter außerstande war. Vielmehr zwang er seine ganze Energie einwärts in die verzweigten Höhlen seines Inneren, wo doch irgendwo er selbst versteckt sein mußte, er selbst, und nicht das Gebäude aus Fleiß, Ordnung, Gewohnheit und erlerntem Denken, das er nur zu sein schien.

Doch je weiter er in sich eindrang, je prüfender er alle Winkel durchforschte, umso gewisser wurde es ihm, daß er sich selbst nicht finden würde. Kein noch so schwaches Gefühl für sich, seine Tochter oder seine Frau zeigte sein eigenes Vorhandensein an. Mußte es nicht schmerzen, wie seine Tochter ihn, ihren Vater, soeben behandelt hatte? Gab es nicht etwas wie Vaterliebe oder wenigstens ein Sich-selbst-Bedauern, daß das eigene Kind einen nicht liebte? Aber er bemerkte nichts von dem. Nur das Wissen darum, daß etwas in Unordnung geraten war, das man nicht durchgehen lassen konnte, war vorhanden, und es war an sich auch stark genug, zu den notwendigen Schritten zu führen. Doch nicht jetzt, nicht sogleich, wo der widerstrebende Verstand eine völlig neue, bestürzende Erkenntnis registrieren mußte.

Nach einer geraumen Weile kam seine Frau herein und fragte ihn nach Grund und Verlauf des Gesprächs mit der Tochter. Er berichtete kurz und bat sie, für zwei Wochen das Mädchen nicht mehr aus dem Haus zu lassen, es sei denn zur Schule, zu der es zu begleiten und von der es auch wieder abzuholen wäre. Nach dieser in bestimmtem Ton vorgebrachten Anordnung stand er auf und ging in den Garten. Seine Frau machte sich sofort daran, die Vorbereitungen für die kleine Gesellschaft zu treffen, die sie an diesem Abend geben würden.

Gegen sechs Uhr erschien die Tochter wieder. Er hielt sie auf, als sie die Treppe zu ihrem Zimmer hinaufgehen wollte, und eröffnete ihr in ruhigen, aber bestimmten Worten, wie sie sich in den nächsten zwei Wochen zu benehmen, und was er über ihre Zeit verfügt hätte. Außerdem sollte sie heute nicht an der Gesellschaft teilnehmen, wie es eigentlich vorgesehen war. Sie schien alles ohne Bewegung hinzunehmen. Auf ihrem Gesicht erschien eher ein Zug des Nachdenkens, so als hätte man ihr eine schwierige Aufgabe gestellt, die sie sogleich lösen müsse. Ihr Vater achtete nicht darauf, zumal gerade die ersten Gäste erschienen.

Der Gesellschaftsabend, der im übrigen harmonisch verlaufen war, endete mit einem Skandal. Die Frau eines einflußreichen Geschäftsfreundes, die mit einem kostbaren Nerzmantel erschienen war, konnte ihn in der Garderobe nicht wiederfinden. Man suchte überall, wo noch ein Mantel hätte abgelegt werden können, aber das wertvolle Stück blieb verschwunden.

Als der Hausherr, der als einziger ruhig und wie über der Situation stehend geblieben war, schließlich in höflichem Ton zu bedenken gab, daß der Mantel vielleicht gar nicht mit hereingekommen, sondern in der Taxe liegengeblieben sein könnte, bekam die geprüfte Dame einen hysterischen Anfall, und man mußte sie in das eheliche Schlafzimmer bringen.

Nun wurde der betroffene Ehemann energisch. Er verlangte, daß sofort die Polizei gerufen würde, und daß inzwischen keiner der Gäste das Haus verließe. Der Gastgeber fügte sich sofort und telefonierte mit der Kriminalpolizei. Zwei Beamte erschienen nach einer Viertelstunde, während der im Hause betretenes Schweigen geherrscht hatte. Hausdurchsuchung, Vernehmungen, Protokolle folgten einander in müder Routine.

Die Gäste wurden immer gereizter, und einige äußerten schon unter sich den Verdacht, daß der fragliche Mantel tatsächlich gar nicht mit ins Haus gekommen sei; schließlich gäbe es auch Gerüchte über undurchsichtige Geschäfte des betroffenen Ehemannes. Man könne nie wissen, wozu solche Leute dann fähig wären, wenn etwas schiefgegangen war. Es versteht sich, daß man wegen solcher Verdächtigungen die Gastgeber nur bedauerte, die das Opfer solcher Machenschaften geworden waren. Als daher die Polizei lange nach Mitternacht ihre Untersuchungen erfolglos abgeschlossen hatte, und jedermann nach Hause gehen konnte, geschah es ohne Groll gegen die Gastgeber, denen man vielmehr mit Mitgefühl die Hand schüttelte. Nur das betroffene Ehepaar würdigte sie keines Blickes mehr, sondern verließ mit wenig passenden Drohworten das Haus.

Als alle Gäste gegangen waren, brach die Hausfrau, die sich bis dahin mühsam beherrscht hatte, ohnmächtig zusammen. Ihr Mann und eine Frau, die als Aushilfe in der Küche noch beschäftigt gewesen war, betteten sie auf eine Couch in einem Nebenzimmer. Es dauerte auch nicht lange, bis sie wieder zu sich kam. Als ihr aber langsam alles wieder bewußt wurde, brach sie in haltloses Schluchzen aus. Ihr Mann versuchte, ihre Stirn mechanisch streichelnd und einige passende Trostworte murmelnd, sie zu beruhigen. Es gelang ihm auch schließlich. Ganz plötzlich war sie eingeschlafen. Er holte eine Decke und bettete sie etwas bequemer. Dann ging er hinaus und schickte die Küchenhilfe heim.

Allein in einer Ecke des Wohnzimmers sitzend, wohin er sich zurückgezogen hatte, versuchte er Ordnung in seine Gedanken zu bringen. Er wußte nur zu gut, daß der Mantel im Haus gewesen war. Er selbst hatte ihn der Dame beim Empfang abgenommen und sorgfältig abgelegt. Dennoch hatte er bei der Vernehmung nichts davon gesagt, und auch das betroffene Ehepaar hatte sich anscheinend vor der Polizei ebenfalls nicht auf ihn, als den wichtigsten Zeugen, berufen. Aber gleichgültig, in wieweit er rechtlich als Hausherr für den verlorengegangenen Mantel zu haften hatte, die Folgen dieses unglaublichen Vorfalls waren auch in jeder anderen Beziehung unübersehbar.

Er stand auf und ging ein wenig hin und her, mit kleinen Schritten, ungewohnt nervös. Sein Kopf dröhnte in heftigem Schmerz, der in den Schläfen pochte. Plötzlich kam es ihm zum Bewußtsein, wie verbraucht und übelriechend die Luft im Zimmer war, und er öffnete einen Fensterflügel. Es war eine stille, kalte Nacht. Ab und zu erschien der Mond für wenige Minuten hinter träge hinziehenden Wolken. Der leichte Wind, der hereinwehte, tat gut. Er klärte die Gedanken und nahm den Druck weg, der aus der Furcht kam, eine dunkle, feindliche, undurchschaubare Macht griffe plötzlich nach ihm.

Die Erleichterung, die ihm offenbar die frische Luft verschaffte, verführte ihn schließlich dazu, sich einen Mantel überzuwerfen und noch zu einem kurzen Spaziergang in den Garten hinauszugehen. Die Bäume waren schon fast kahl. Die Wege und der weite Rasen waren dicht mit trockenem Laub übersät. Ihm kam gerade der Gedanke, daß er sich morgen nun doch darum kümmern müsse, daß das Laub zusammengeharkt würde, als sein Blick ganz zufällig auf den Weg fiel, der hinter seinem Haus am Nachbargrundstück entlang führte. Da war ganz nahe vor ihm eine Stelle, die aussah, als hätte man sie unordentlich gefegt. Im Wechselspiel des Lichts auf dem sonst unbegrenzt erscheinenden Laubteppich wirkte dieses fast schwarze Wegstück seltsam drohend und unheimlich.

Stets auf gleichmäßige Ordnung bedacht, und sei es die der natürlichen Verteilung von herabgefallenem Laub, fing er fast unbewußt an, mit dem einen Fuß aus einem kleinen Blätterhäufchen am Beetrand Laub auf die dunkle Fläche zu schieben. Plötzlich, der Mond war gerade wieder hervorgetreten und beleuchtete die Szene mit fast aufreizendem Licht, bemerkte er neben dem Weg die Spur eines Schuhes, und, als wäre dies der Schlüssel zu einem Rätselbild, erkannte er, daß das Wegstück, auf dem er stand, von einem hinterhergeschleiften Gegenstand so unordentlich gefegt worden war.

Er mußte alle Kraft zusammennehmen, um nicht im Entsetzen über die klare Erkenntnis, die ihn wie eine teuflische Erleuchtung überfiel, kopflos davonzujagen: Dort direkt über ihm war das Fenster des Zimmers, in dem seine Tochter schlief. Es war der einzige Raum, der von der Polizei nicht durchsucht worden war, nachdem er erklärt hatte, das dies das Zimmer seiner schulpflichtigen Tochter sei, die man doch in diese Geschichte nicht hineinziehen könne, ohne schädlichste Rückwirkungen auf die Seele des Kindes zu riskieren.

Aber wie war sie, wenn man annehmen wollte, es sei ihr gelungen, unbemerkt den Mantel aus der Garderobe zu entwenden und in ihr Zimmer zu bringen, mit diesem schweren Kleidungsstück aus dem Fenster im ersten Stock herunter in den Garten gekommen? Nein, das war unmöglich. Zwar schloß sich direkt unterhalb des Fensters der Vorsprung der Veranda an, und deren Mauervorsprünge hätten wohl auch einem geübten Fassadenkletterer genügend Halt geboten. Aber einem Mädchen von fünfzehn Jahren, das jeden Tag zur Schule ging und einem geregelten Tagesablauf ihre Erziehung verdankte? Nein, der Gedanke war absurd, selbst wenn man jene unerwartete Begegnung mitten im Straßengewühl mit in Betracht zog.

Er blickte noch einmal auf die Spur. Jetzt schien sie ihm alt und kaum identifizierbar. Auch der Weg stellte sich als viel weniger geheimnisvoll heraus, nachdem der Wind die schwarze Blöße mit einigen Blättern überweht hatte. Abgespannt, jedoch irgendwie getröstet, nachdem jener scheußliche Angriff abgeschlagen war, ging er wieder ins Haus, schloß sorgfältig die Tür und begab sich, nachdem er festgestellt hatte, daß seine Frau ruhig schlief, auch selbst zur Ruhe.

Die nächsten zwei Wochen vergingen, ohne daß irgendetwas Absonderliches geschah. Die Tochter war unter strenger Bewachung der Mutter, und sie schien die strenge Zucht auch nicht als besonders störend zu empfinden. Auch die regelmäßigen Kontrollen ihres Vaters, der Punkt acht Uhr abends sie in ihrem Zimmer aufsuchte, meist ohne das Wort an sie zu richten, ließ sie mit selbstverständlich wirkender Ruhe über sich ergehen.

Auch der Vater selbst schien seine gewohnte Ausgeglichenheit nicht verloren zu haben. Zwar war immer noch die Angelegenheit mit dem Mantel nicht völlig geregelt, aber es bahnte sich ein Kompromiß an. Immerhin schien die Affäre für ihn nicht die unangenehmen Folgen zu bringen, die er in jener Nacht befürchtet hatte. Dagegen geriet jenes Ehepaar, das den Verlust zu tragen hatte, in eine Isolierung, die ihren Ursprung in jenen Meinungen hatte, die damals hier und da schon in der Nacht laut geworden und seither sich als plausibelste Erklärung des mysteriösen Falls offen etabliert hatten. Jener Geschäftsmann geriet immer mehr in Verbitterung und, da er jähzornig war, verscherzte er sich auch die Sympathien der wenigen noch Unentschiedenen.

Nachdem sich derart alles zum besten gewendet zu haben schien, ereignete sich ein neuer, doppelt schmerzlicher Vorfall. Es war am Freitagabend vor

Totensonntag, als er sein Büro mit einer größeren Summe Bargeld und einigen wichtigen Papieren in der Aktentasche verließ. Es war schon völlig dunkel und überdies leicht neblig. Um zu seinem Auto zu kommen, mußte er einen Torweg zu einem engen Hinterhof, der als Privatparkplatz diente, passieren.

Er hatte den Gang fast durchquert, als plötzlich zwei Männer auf ihn zusprangen. Eh er auch nur eine Hand hatte heben können, war er brutal niedergeschlagen und in eine Ecke, wo die Mülltonnen standen, geschleppt worden. Er stöhnte vor Schmerzen, verlor aber das Bewußtsein nicht. Die Tasche hatte einer der beiden Kerle ihm sofort entrissen und anscheinend an irgendeinen im Dunkel wartenden Dritten weitergegeben.

Es schien ihm, als seien schon Stunden hilfloser Qual über ihn gegangen, als er Scheinwerfer im Torweg aufleuchten sah, und sein Wagen an ihm vorbeiglitt. Er hatte seine Augen gewaltsam aufgerissen, um wenigstens zu versuchen, sich das Äußere der Verbrecher einzuprägen. Aber er schloß sie, wie vom Blitz geblendet, augenblicklich wieder: Kein Zweifel, hinter den beiden Männern saß, leicht vorgebeugt, seine Tochter. Waren es nicht übrigens dieselben, die er vor kurzem im Verkehrsgewühl mit ihr gesehen hatte? Dieses plötzliche Erkennen einer grauenhaften Wirklichkeit war der Faustschlag, der ihn völlig niederstreckte. Er sackte in sich zusammen und verlor das Bewußtsein.

Die Ohnmacht dauerte nur wenige Minuten. Doch benötigte er fast eine halbe Stunde, um eine Art innerer Lähmung so weit zu überwinden, daß er aufstehen konnte. Körperlich fühlte er jetzt kaum noch Schmerzen. Nur an der linken Kinnseite schien eine Platzwunde noch leicht zu bluten. Fast mechanisch begann er, seinen Mantel notdürftig vom Ärgsten zu reinigen, soweit in dem dunklen Durchgang überhaupt etwas zu sehen war. Dann versuchte er, seinen Hut wiederzufinden, zuerst im Dunkeln, dann unter Zuhilfenahme des spärlichen, blakenden Lichts seines Feuerzeugs. Schließlich entdeckte er ihn hinter einer Tonne. Er nahm ihn auf, entfernte die Beulen, so gut es ging, und behielt ihn unschlüssig in der Hand.

Erst jetzt nämlich kam ihm klar zum Bewußtsein, was soeben geschehen war. Es überfiel ihn wie ein Schüttelfrost, und er mußte sich an die Wand lehnen, um nicht erneut umzufallen. Aber es ging vorüber. Schließlich setzte er sich in Bewegung, ohne einen willentlichen Antrieb, leicht schwankend und stolpernd. So erreichte er wieder die Straße.

Der Berufsverkehr war vorüber. Die Fußwege fast leer. Er blickte abwesend in beide Richtungen und wandte sich schließlich nach rechts, ohne daß dies irgendeine Bedeutung hatte. Denn er war nicht in der Lage, sich selbst irgendeine Richtung zu geben. Sein Wille war wie tot, und selbst die Gewohnheit versagte. Dies um so mehr, als er jahrelang nicht zu Fuß von hier aus irgendwohin gegangen war.

So wankte er bis zum nächsten Laternenmast, hielt sich an ihm fest und sah an sich herunter. Es war nicht so schlimm mit den Flecken, aber der Mantel war an der rechten Seite von der Tasche an aufgerissen. Er schüttelte den Kopf, gab sich einen Ruck, blickte stier geradeaus und ging langsam, das Kreuz durchgedrückt, weiter. Um die wenigen Passanten, die ihm entgegenkamen, machte er einen großen Bogen.

An der nächsten Straßenecke blieb er unschlüssig

stehen, machte dann eine langsame Kehrtwendung und stolperte wie gestoßen in die offenstehende Tür einer Kneipe. Die wenigen Gäste, die zerstreut an den Tischen saßen, folgten mit neugierigen Augen seinem Torkelgang zur Theke. Doch kurz davor hielt er plötzlich inne und sackte auf einen vorgeschobenen Stuhl. Der Wirt betrachtete ihn mit trägem Interesse und kam erst näher, nachdem er ihn glaubte richtig eingestuft zu haben.

Noch zwei Stunden später saß er am gleichen Fleck. Seine Ellbogen hatte er aufgestützt, seine zusammengekniffenen Augen blinzelten wie spöttisch auf das vor ihm stehende Glas. Es war schon das sechste oder siebte. Der Dunstschleier des ungewohnten Alkohols hatte ihn völlig von der Außenwelt abgeschnitten, noch bevor er im nüchternen Zustand die ganze Tragweite des ihm Geschehenen erfaßt hatte. So befand er sich in jenem Schwebezustand, der einer völligen Gefühls- und Zeitlosigkeit am nächsten kommt.

Nach einer weiteren Stunde - alle anderen Gäste hatten das Lokal verlassen - war er ganz in sich zusammengesunken und schien zu schlafen. Schließlich brachte es der Wirt mit berufsmäßiger Geduld zuwege, daß er seine Zeche bezahlte, und verfrachtete den kaum Widerstrebenden in ein schnell herbeigerufenes Taxi.

Es läßt sich vorstellen, in welch verzweifelter Verfassung seine Frau ihn an der Gartenpforte in Empfang nahm. Es war in zehn Jahren nicht vorgekommen, daß er, ohne sie vorher zu benachrichtigen, verspätet nach Hause kam. Sie hatte all jene Schrecken durchlebt, die jemand, der ungeübt ist im Warten, durch eine ungezügelte Phantasie über sich ergehen lassen muß.

Als sie ihren Mann, der kaum des Gehens noch fähig, am Arm des hilfreichen Taxifahrers den Gartenweg heraufschlurfen sah, versagten auch ihr fast die Beine, und nur mit äußerster Anstrengung gelang es ihr, beim Öffnen der Haustür ihn dem Taxifahrer abzunehmen und ihn ersteinmal auf die untersten Stufen der Treppe zu plazieren. Der Fahrer wurde entlohnt, und sie wandte sich wieder ihrem Mann zu. Noch bevor sie aber ihren Mund öffnen konnte, um sich der bedrängendsten Fragen endlich zu entledigen, bog sich sein Körper plötzlich nach vornüber und er sank, ohne einen Laut von sich zu geben, auf den Teppich, der den Boden des Empfangsraumes bedeckte.

Sie unterdrückte einen Schrei des Schreckens. Die Tochter sollte nicht aufwachen. Der entsetzliche, unauslöschliche Eindruck bei diesem Anblick würde leicht in ihrem noch kindlichen Gemüt nichtwiedergutzumachenden Schaden anrichten. So versuchte sie allein, obgleich schon nicht sehr kräftig von Natur, jetzt aber nach dem Durchlebten doppelt geschwächt, den schweren Körper ihres Mannes in das Wohnzimmer hinüberzuzerren. Nach ihr unendlich dünkenden Mühen war es schließlich gelungen. Aber ihn auch noch auf die Couch heraufzuziehen, dazu langten ihre Kräfte nicht. So blieb ihr nichts anderes übrig, als ihm mit einigen Kissen und Decken ein Notlager auf dem Teppich einzurichten.

Als sie endlich mit ihrer Arbeit fertig war, brach sie selbst fast neben ihm zusammen. Doch sie faßte sich wieder und kniete neben ihm nieder und blickte ihm aufmerksam und doch abwesend ins Gesicht, während ein erst jetzt ausbrechender Strom von Tränen langsam den Krampf löste, der sie befallen hatte. Er lag genau in derselben Stellung da, wie sie ihn hingelegt hatte. Keine eigene Bewegung war geschehen, und sie hätte fürchten müssen, daß er schon tot war, wenn nicht von Zeit zu Zeit ein unregelmäßiger Atemzug noch Leben angezeigt hätte.

Langsam gewann sie wieder soviel Ruhe zurück, daß sie darüber nachdenken konnte, was zu tun sei. Es war ihr erst jetzt aufgefallen, daß der Zusammenbruch ihres Mannes nicht nur auf irgendeinen Unfall zurückzuführen sein konnte, worauf sonst alle Zeichen hinwiesen, sondern daß einiges unmäßigem Alkoholgenuß zuzuschreiben war, wenn dies nicht überhaupt die Grundursache war, und der Unfall erst die Folge. Aber an dieser Stelle ihres Gedankenganges hielt sie inne, denn sie hatte ihren Mann nie auch nur angetrunken gesehen oder gehört, daß ihm so etwas einmal passiert war, geschweige denn konnte sie es für möglich halten, daß er sich besinnungslos betrank. War er etwa schon im Delirium und sie mußte dringend einen Arzt rufen? Welche Demütigung wäre das für sie alle! Ihr betrunkener Mann auf dem Boden in zerfetzter Kleidung liegend, vor den Augen eines Arztes! Des Hausarztes? Unmöglich! Eines Polizeiarztes? Hatte er vielleicht Schuld bei seinem Unfall und sie lieferte ihn aus?

Ihre Gedanken liefen im Kreise. Zu einem Entschluß konnte sie sich nicht aufraffen. Sie betrachtete wieder ihren Mann. Wo mochte er den Wagen gelassen haben? War er etwa in einen Verkehrsunfall verwickelt, hatte Fahrerflucht begangen und sich dann in den Alkohol gerettet? Ja, das wäre eine Erklärung. Sie blickte ihn an. War er, den sie nur als einen überaus korrekten Menschen kennengelernt hatte, dazu fähig? Besaß sie aber irgendeine Erfahrung, wie er in einer außerordentlichen Notlage handeln würde? Sie stöberte wahllos in der Vergangenheit. Aber es war schon fast unmöglich, in der

Gleichförmigkeit ihres Lebens mit ihm überhaupt ein herausragendes Ereignis aufzufinden, geschweige denn daraus eine Erkenntnis zu ziehen, die Licht in die jetzige Lage bringen konnte.

Sie wurde plötzlich sehr müde. Sollte sie hier neben ihm die Nacht über ausharren? Brauchte er vielleicht irgendwann Hilfe, und sie war dann nicht da, sie ihm zu geben? Sie stutzte: War er jemals in einer Lage gewesen, daß sie ihm hätte helfen können? Sie erinnerte sich auf einmal fast schmerzhaft des Gefühls, das sie vor langer Zeit am Anfang ihrer Ehe so sehr geliebt hatte: ihren Mann mit warmer Fürsorge zu umgeben. Aber es war gar nicht dazu gekommen. Er war nicht darauf eingerichtet zu empfangen, und sie hatte mit der Zeit jenes Gefühl aus Mangel an Übung ganz verloren. Ja, so war es! Wie war es sonst möglich, daß sie jetzt zwar seinetwegen die gewagtesten Überlegungen anstellte, aber trotz seines offenbaren Elends ohne jede warme Regung, ohne Mitgefühl ihm gegenüber blieb?

Es schauderte sie. Mühsam stand sie auf und setzte sich auf einen Stuhl, der in der Nähe stand.

»Ich muß mir Rechenschaft geben!« Sie erschrak, sie hatte es laut gesagt. Aber das erschien ihr plötzlich wie ein Symbol. Sie hatte gesprochen, und niemand antwortete. Auch er nicht, ihr Mann. Konnte er nicht antworten, oder hörte er gar nicht? Fast hätte sie in einem Anfall von Ironie gelacht: Er kann ja nicht, jetzt nicht, aber er konnte es nie! Er konnte nie hören und hat deshalb auch nie geantwortet! Eine seltsam prickelnde Kälte überlief sie: allein, ganz allein! Und nicht erst seit dieser Nacht! Aber ihre Tochter?

Einem plötzlichen Verlangen nachgebend, verließ sie

das Zimmer und stieg die Treppe hinauf. Aber mitten auf der Treppe erstarrte sie vor Schreck: Aus dem Zimmer der Tochter drangen Geräusche, unverkennbar Stöhnen und Flüstern von z w e i Menschen. In einer übermenschlichen Anstrengung überwand sie die Erstarrung und stürzte die letzten Stufen hinauf an die Tür. Aber die Tür war verschlossen, von innen. Sie rüttelte an dem Türgriff, schrie den Namen ihrer Tochter und hielt dann lauschend inne. Nichts rührte sich. Eine dumpfe, lähmende Stille lag über dem Haus. Nach einigen Sekunden hörte man drinnen ein Rascheln, das leise Klirren einer Fensterscheibe, dann wurde es wieder unnatürlich still.

Die Frau draußen an der Tür hatte sich verwandelt. Das Aufflammen empörter Energie, das sie die letzten Stufen hinauf und an die Tür getrieben hatte, war zusammengebrochen. Jetzt lehnte sie hilflos am Pfosten und wimmerte kläglich den Namen ihrer Tochter. Aber es kam keine Antwort von drinnen.

Am nächsten Morgen, als das Mädchen seine Tür öffnete, saß seine Mutter zusammengekauert auf der obersten Treppenstufe und schlief. Es gönnte ihr kaum einen Blick, als es lautlos an ihr vorbeischlich. Mit der Schultasche unter dem Arm verließ es ohne weiteres das Haus.

Wenig später rührte sich im Wohnzimmer der Mann. Er brauchte eine geraume Zeit, bis sein Gedächtnis wieder an jenem Vorfall anknüpfen konnte, der ihm die Besinnung genommen hatte. Jetzt stand ihm wieder mit aller Deutlichkeit das Bild des vorübergleitenden Autos vor Augen, die zwei jungen Männer und dahinter das Mädchen. Er strengte sich an: Konnte er wirklich deutlich seine Tochter erkennen, oder war es nur wie eine Überblendung jenes Momentes, als er, wie er glaubte, dieselben Männer mit seiner Tochter in der Mitte im Verkehrsgewühl gesehen hatte? Nein, es war nicht zweifelsfrei sicher, daß es seine Tochter gewesen war.

Er richtete sich auf und bemerkte erst jetzt, daß er in seinem zerrissenen Mantel auf dem Teppich seines Wohnzimmers gelegen hatte. Er begriff nichts. Keine Brücke führte vom Überfall hierher. Wer hatte ihn hergebracht, warum lag er hier in seinen beschmutzten Kleidungsstücken? Schließlich gab er sich einen Ruck, und ohne Anstrengung konnte er aufstehen.

Die Tür zum Flur stand offen. Er ging hinaus, sah sich um und entdeckte, mehr verwundert als erschreckt, seine Frau oben auf der Treppe hockend. Er rief halblaut ihren Namen. Sie schreckte zusammen und wäre beinahe heruntergestürzt. Aber sie ergriff noch rechtzeitig das Geländer, hielt sich daran fest und erhob sich mühselig. Er forderte sie auf, herunterzukommen und ihm zu erklären, was sich zugetragen hatte.

Sie aber drehte sich augenblicklich um, drückte die Türklinke des Kinderzimmers herunter und konnte zu ihrem Erstaunen ungehindert eintreten. Das Zimmer war ordentlich aufgeräumt, das Bett gemacht, und es gab keinen Anhaltspunkt, daß hier irgendetwas Besonderes, etwas Schändliches heute nacht hätte geschehen sein können. Sie blickte nach dem kleinen Wecker, der auf dem Nachtschrank stand. Er mußte rechtzeitig geläutet haben. Auch die Schulsachen waren fort. Also war das Mädchen in aller Ordnung in die Schule gegangen, ohne der Hilfe oder der Mahnung der Mutter bedurft zu haben. Es konnte nicht anders sein: Eine Halluzination mußte sie heute nacht genarrt haben, leicht erklärbar durch die außergewöhnliche Erregung wegen ihres Mannes.

Dieser betrat in diesem Augenblick das Zimmer. Er hatte sich des Mantels entledigt und stand nun vor ihr in jener gewohnten Haltung freundlicher Reserviertheit. Nur der arg zerknitterte Anzug störte das Bild. Sie wandte sich aufseufzend ihm ganz zu, nahm dann seinen Arm und verließ mit ihm den Raum.

Während des Frühstücks versuchte das Ehepaar dann, aus den Bruchstücken dessen, das jeder zuverlässig wußte, den Hergang des Unglücks zu rekonstruieren. Es gelang aber nicht ganz, denn über die Stunden in der Kneipe wußte er nichts, und sie war zu rücksichtsvoll, um überhaupt etwas von Alkohol zu sagen. Auch vermieden beide, dem anderen etwas über die Beobachtungen, ihre Tochter betreffend, zu erwähnen, weil sich beide ihrer Sache nicht sicher waren und sich genierten einzugestehen, daß sie das Mädchen zu wenig kannten, um abschätzen zu können, wozu es überhaupt fähig war. Nur beiläufig wollte er von seiner Frau wissen, ob das Kind gestern zu Hause war, was sie ohne Zögern bejahte. Es sei wie immer in seinem Zimmer gewesen und hätte gearbeitet. Er verzichtete auf weiteres Nachforschen, um nicht Verdacht zu erregen. Auch wünschte er nicht, den scheußlichen Verdächtigungen gegen seine Tochter noch mehr Nahrung zu geben.

Endlich beschloß man, unverzüglich telefonisch der Polizei den Überfall zu melden. Ein Beamter erschien dann auch sehr bald und nahm die Einzelheiten zu Protokoll. Die Zeitspanne zwischen dem erfolgten Überfall und seiner Rückkehr per Taxi wurde dabei mit etwa vier Stunden angegeben, über die keinerlei Auskünfte gegeben werden könnten. Auch die Nummer des Taxis sei unbekannt.

Wegen der langanhaltenden Bewußtseinsstörung sei auch eine sofortige Benachrichtigung der Polizei unterblieben. Beim Verlassen der Wohnung empfahl der Beamte noch, doch unbedingt auch einen Arzt aufzusuchen, wenn der Unfall solch ernste Folgen, wie eine stundenlange Lähmung des Bewußtseins, nach sich gezogen hätte. Es war unschwer zu merken, daß der erfahrene Polizist sich den Hergang des Überfalls anders vorstellte, als er ihm geschildert worden war.

Noch am gleichen Nachmittag wurde der Wagen ermittelt. Er war unbeschädigt, der Schlüssel steckte im Zündschloß. Auch die Aktentasche war noch vorhanden, keines der Papiere war entwendet, aber das Bargeld fehlte natürlich. Nachdem die Polizei ordnungsgemäß Fingerabdrücke genommen hatte, wurde der Wagen an den Besitzer zurückgegeben. Damit schien die Affäre erst einmal zum Abschluß gekommen zu sein.

Auch in der kleinen Familie kehrte wieder der ordentliche Ablauf der Tage ein. Doch beobachteten beide, Vater und Mutter, jeder für sich, und aus unterschiedlichen Gründen, ihr Kind mit fast mißtrauischer Aufmerksamkeit, ohne es sich selbst aber einzugestehen. Es wurde dem Mädchen verboten, seine Tür abzuschließen, und seine Schularbeiten mußte es im Wohnzimmer machen. Erst nach dem Abendessen durfte es sich zurückziehen, und es kam ein paarmal vor, daß die Mutter das Zimmer später kontrollierte, und zwar nach der Rückkehr von dem gewohnten Spaziergang, der nur an jenem Unglücksabend nicht stattgefunden hatte. Aber schon nach zwei Wochen verzichtete sie auf diese häßliche Neuerung, zumal sie im gleichförmigen, gewohnten Ablauf des Familienlebens bald ganz die lebendige Erinnerung an jene nächtlichen Geräusche verlor und sie bald ganz in das Reich ihrer damals überhitzten Phantasie verwies.

Ihrem Mann aber erging es entgegengesetzt. Je mehr Abstand er von jenen Vorfällen gewann, die mit seiner Tochter zusammenhingen, desto klarer wurden ihm die Bilder der Erinnerung. So konnte es ihm geschehen, daß er beim Essen, wenn ihm das Mädchen gegenübersaß, seinen Kopf plötzlich eingerahmt sah von den Gesichtern jener zwei Männer auf der Straße. Oder wenn es sich vorbeugte, um den von ihm entfernter stehenden Sahnetopf zu nehmen, sah er es plötzlich in seinem Wagen, wie es sich nach vorn lehnte, zwischen die Oberkörper derselben zwei Männer. Denn daß es dieselben waren, davon war er jetzt fest überzeugt. Diese Überzeugung und die Gewißheit, daß also seine eigene Tochter an dem Überfall auf ihn beteiligt war, entstanden aber völlig ohne seinen Willen. In einer kalten Automatik hatte sich alles, was damit zusammenhing, in seinen Gedanken selbständig gemacht. Seinen anfänglichen Bemühungen zum Trotz, die Rolle seiner Tochter gewaltsam zu ignorieren, wurde sie vielmehr bald der Mittelpunkt seiner von ihm unabhängig gewordenen Überlegungen.

In diesen Tagen erregte ein Jugendprozeß in einer benachbarten Stadt allgemeines Aufsehen. Ein Mädchen von siebzehn Jahren war dabei gefaßt worden, als es half, einen Einbruch in das Haus seiner eigenen Eltern zu verüben. Im Verlauf des Prozesses sagte das Mädchen aus, daß es zwei junge Männer kennengelernt hätte, die es dazu brachten, seine Eltern, die es hasse, mehrmals zu bestehlen. Schließlich hätten die beiden einen großen Coup landen wollen. Es sollte helfen und würde dabei auch gleich von seinen Eltern freikommen, wenn es dafür sorge, daß seine beiden Freunde ungehindert im Hause arbeiten könnten. Das war dann durch das unerwartete Dazwischentreten eines Besuchers verhindert worden. Die beiden Männer waren entkommen und ließen das Mädchen in seiner Lage allein. Die Namen, die es angab, führten natürlich zu nichts; wo sie wohnten, wußte es nicht, und auch die weiteren Beschreibungen zur Person hatten bisher noch nicht zur Ergreifung der Täter geführt.

Diesen Fall hatte er mit einer Art wissenschaftlicher Genauigkeit verfolgt. Die etwas verschwommenen Beschreibungen jenes Mädchens konnten durchaus auf die Begleiter seiner Tochter zutreffen. Sollte sie das zweite Opfer dieser gewissenlosen Schurken geworden sein? Mit einem Mal fiel ihm der ungeklärte Fall mit dem Nerzmantel ein. Das Zimmer seiner Tochter war das einzige nicht untersuchte. Und dann waren da die seltsamen Spuren im Garten unterhalb ihrer Fensters.

Als er bis zu diesem Gedanken vorgedrungen war, schien ihm mit einem Mal, als wäre jene Maschine, die alle Verdachtsmomente automatisch und ohne sein Zutun miteinander verknüpft hatte, plötzlich zum Stillstand gekommen. Das Muster war fertig gewebt, das Bild klar: Es zeigte seine Tochter in den Händen von Verbrechern als willfähriges Werkzeug gegen ihre Eltern.

Welch entsetzliche Einsicht! Aber was war zu tun? Saß das Mädchen nicht in aller Harmonie dreimal täglich mit seinen Eltern am Tisch, ging ordentlich in die Schule, brachte durchschnittliche Zensuren nach Hause und zeigte keinerlei Absonderlichkeiten, die auch nur den geringsten Anhaltspunkt für diesen ungeheuerlichen Verdacht boten? War nicht vielleicht doch alles ganz anders, und sein Kind wirklich nur ein Kind wie andere, die nicht die geringste

Ahnung von solchen Verworfenheiten hatten? Wie konnte er es wagen wollen, es auszuhorchen, sei es auch nur noch so vorsichtig? Oder konnte man bei dieser Lage zur Polizei gehen und von ihr Klärung erwarten? Nein, beides war unmöglich. Er konnte nichts anderes tun, als äußerst wachsam zu sein und seine Tochter unter möglichst scharfer Kontrolle zu halten, ohne daß ihr auch nur das Geringste auffallen durfte.

Nach diesem Entschluß kehrte die gewohnte innere Ruhe zurück, die er seit dem Überfall verloren hatte. Er stand wieder auf festem Boden und wußte, daß nichts Unvorhergesehenes geschehen konnte. Es kam nun nur darauf an, die Ordnung des Familienlebens zu wahren, und das Kind auf diese Weise unmerklich aus den verderblichen Bindungen zu lösen, falls diese überhaupt bestanden. Auch mußte ein System vorsichtiger Kontrollmaßnahmen ausgearbeitet werden, das das Eindringen verderblicher Einflüsse von außen verhinderte.

Mit einer gewissen Genugtuung sah er auf seine eigene kühle Überlegenheit, mit der er das Unheil abwendete. Er war stolz darauf, daß weichliche Gefühle ihm fremd waren, die sonst wohl einen Vater mit ungesunder, übertriebener Liebe zu seinem einzigen Kind zu den unüberlegtesten Maßnahmen verführt hätten.

Also ging er mit Gelassenheit daran, den schwächsten Punkt in der Verteidigung seines Hauses herauszufinden. Schon einmal schien er in der Möglichkeit bestanden zu haben, daß man vom Fenster des Kinderzimmers über den Vorsprung an der Veranda in den Garten kommen konnte. Dieser Weg mußte demzufolge kontrolliert werden. Er nahm eine Harke und begab sich in den Garten. In der Nacht hatte es gefroren, aber an diesem

Vormittag schien die Sonne, und der Boden war etwas schmierig geworden. Er ging um das Haus herum und stand nun an der Stelle, die ihm damals zum ersten Mal wie in einer teuflischen Offenbarung der Anstoß zu einem entsetzlichen Verdacht geworden war. Er stellte die Harke an die Wand und begann, den Boden genauer zu betrachten. Es gab keinen Zweifel: Auf beiden Seiten des Weges sah man Fußspuren, und das Drahtgeflecht am Zaun zum Nachbargrundstück, das an dieser Seite mit einer dichten, fast verwilderten Hecke bestanden war, schien soweit heruntergedrückt, daß man drübersteigen konnte.

Wie konnten diese Zeichen seiner Aufmerksamkeit entgangen sein! Er blickte zum Fenster hinauf. Es war verschlossen. Das Mädchen war noch in der Schule. »Also doch!« dachte er, und diese plötzliche Erkenntnis fiel in ihn hinein, wie ein Stein in einen endlos tiefen Brunnen. Er lauschte, um den Aufschlag zu hören, zu merken, wie er reagierte. Aber es kam nichts. Nur seine Augen hatten einen seltsam starren Blick bekommen, und eine Art steifer Entschlossenheit ließ ihn zur Harke greifen. Er ebnete den Boden so ein, daß nichts von den alten Spuren übrig blieb, aber ein neuer Schritt sich in jeder Einzelheit abzeichnen würde. Dann ging er mit hölzernen Bewegungen ins Haus zurück.

Beim Mittagessen eröffnete er seiner Tochter, daß sie heute abend allein zu Abend essen müsse, da er mit ihrer Mutter zu Freunden eingeladen wäre. Sie würden erst spät zurückkehren und wollten sich deshalb jetzt noch für kurze Zeit schlafen legen. Seine Frau sah ihn erstaunt an, denn sie war von ihm nicht eingeweiht worden, aber sie sagte nichts. Auch das Mädchen zeigte keinerlei sonderliche Bewegung und bat nur, während die Eltern schliefen, auch auf sein Zimmer gehen zu dürfen. Sein Vater, mit einem seltsam aufflackernden Blick, erlaubte es ihm sofort.

Die nächsten Stunden herrschte Ruhe im Hause. Der Vater, der angestrengt auf jedes Geräusch gelauscht hatte, war gegen seinen Willen schließlich doch eingeschlafen. Erst gegen sechs Uhr, es war schon dunkel, wachte er wieder auf, erhob sich sofort, kleidete sich an und verschwand im Garten. Eine Taschenlampe blitzte auf, und mit boshafter Befriedigung stellte er fest, daß er richtig kalkuliert hatte. Die deutlichen Spuren zeigten, daß das Mädchen auf diesem Wege sein Zimmer verlassen hatte und auch inzwischen wieder zurückgekehrt war. Nun würde also alles seinen Gang gehen.

Bald danach verließen die Eltern das Haus, nachdem das Mädchen - man hatte es heruntergerufen - noch einmal ermahnt worden war, sich bald ins Bett zu begeben und niemanden hereinzulassen.

Unterwegs bat die Frau um Aufklärung, was das alles zu bedeuten hätte. Er vertröstete sie aber auf später und sagte nur, sie sollte genau seinen Anweisungen folgen.

Er fuhr einige Zeit kreuz und quer durch die Stadt, kehrte dann aber in immer kürzeren Abständen zum Haus zurück, an dem er langsam vorbeifuhr und angespannt hinausspähte. Bisher hatte aber das Haus jedesmal im Dunkel gelegen, nur rechts oben an der Dachseite schimmerte Licht aus dem Kinderzimmer.

Als sie sich nach etwa einer Stunde dem Haus zum vierten Mal näherten, schien Licht aus der heruntergelassenen Jalousie seines Arbeitszimmers. Er stoppte den Wagen sofort, half seiner Frau beim Aussteigen und gab ihr dabei die

Anweisung, dicht hinter ihm das Haus zu betreten und auf ein gemurmeltes »los!«, so schnell es irgend ginge, durch den Flur in das Schlafzimmer zu laufen und vom dortigen Telefon aus augenblicklich die Polizei zu alarmieren. Natürlich verstand sie nichts, zitterte entsetzlich und hielt sich krampfhaft am Mantel ihres Mannes fest.

Mit kurzen, vorsichtigen Schritten waren sie bis ans Haus gekommen. Er drückte auf die Klinke, die Tür gab sofort nach und öffnete sich fast geräuschlos. Einen Augenblick standen beide wie erstarrt im Flur. Im Arbeitszimmer hörte man deutlich das Klirren von Werkzeug auf Metall.

»Los!« zischte der Mann und stieß seine Frau fast brutal in Richtung Schlafzimmer. Er selbst schlug mit einem Sprung die Tür zum Arbeitszimmer auf. Aber der Mann drinnen war schneller. Eine Vase flog durch die Luft und zerschlug die Lampe, Glas splitterte, und schon war der Eindringling im Freien.

Im gleichen Augenblick knallte ein Schuß, und ein entsetzlicher Schrei wirbelte den im Dunkeln tappenden Mann herum. Er raste in besinnungsloser Eile nach hinten ins Schlafzimmer. Seine Frau lag röchelnd übers Bett gestürzt, und in der anderen Zimmerecke, neben den offenen Schmuckschatullen, stand seine Tochter, in der rechten Hand zitternd eine Pistole. Da brüllte es aus ihm heraus: »Du Teufel hast deine Mutter erschossen!« Ihr »Nein« konnte er nicht mehr hören, denn ihn hatte der Wahnsinn gepackt. Mit animalischer Wut stürzte er über die Betten auf sie zu und begrub sie unter sich.

Die herbeigerufene Polizei, alarmiert von aufgeschreckten Nachbarn, konnte nichts mehr retten. Dem Mann steckte der Revolver fast in der Brust, eine Kugel hatte sein Herz durchbohrt, dem Mädchen war das Genick gebrochen, und die Frau starb, ohne die Besinnung wieder erlangt zu haben, auf dem Weg ins Krankenhaus.

Obgleich es der Kriminalpolizei nicht leicht war, in diesem verwickelten Fall überhaupt irgendwelche Zusammenhänge zu entdecken, gelang es ihr doch in einigen Tagen, der beiden Männer habhaft zu werden, die in diesem Drama eine Hauptrolle gespielt hatten. Bei den Verhören ergab es sich, daß das Mädchen tatsächlich nicht auf seine Mutter geschossen hatte, sondern einer der beiden Verbrecher, der mit ihm zusammen im Schlafzimmer die Schmuckstücke seiner Mutter auf Brauchbarkeit untersucht hatte. Auch er wollte angeblich nicht die Absicht gehabt haben zu schießen; aber durch eine Bewegung des Mädchens, das ihm wohl die Waffe, mit der er die hereinstürzende Frau bedrohte, aus der Hand reißen wollte, sei der Schuß losgegangen. Daraufhin habe er ihm den Revolver in die Hand gedrückt und sei aus dem Fenster gesprungen. Er gab schließlich auch zu, daß er sie zu seiner Geliebten gemacht hatte. Schließlich gestanden beide auch den Überfall an jenem Abend, der aber angeblich auf Grund eines Vorschlags des Mädchens unternommen wurde. Den Nerzmantel, der damals an dem Gesellschaftsabend verschwand, hatte es entwendet und in sein Zimmer gebracht, und von dort hatten die beiden ihn noch am gleichen Abend abgeholt.

Beide jungen Schwerverbrecher lehnten im späteren Gerichtsverfahren die Anklage in dem Punkt ab, daß sie das minderjährige Mädchen in gemeinster Weise zum Verbrechen verführt hätten. Sie beteuerten vielmehr, daß das Mädchen selbst sie zu einigem angestiftet hätte, wie zum Diebstahl des Pelzmantels und zum Überfall auf den Vater.

Ob das Mädchen seine Eltern gehaßt habe, wollte der Richter wissen. Sie hätten nicht den Eindruck gehabt, meinten die Angeklagten, vielmehr habe es so geschienen, als wollte es seine Eltern dafür bestrafen, daß sie es nicht liebten und gleichzeitig nicht zuließen, daß andere es liebten.

* * *

Die Brücke

In einem fernen Land lebte noch vor kurzem, genau gesagt in den siebziger Jahren, ein Bürgermeister einer kleinen Stadt am Meer. Er war nicht übermäßig groß von Gestalt. Aber da er sich selbst für eine wichtige Persönlichkeit hielt und sich deshalb einen gewichtigen Gang angewöhnt hatte, machte er einen gewissermaßen großartigen Eindruck, wenn er durch die engen Gassen der Stadt schritt. Das tat er übrigens häufig, denn er hielt es für seine Pflicht, selbst über die von ihm erlassenen Anordnungen zu wachen.

»Warum haben eure Wagen immer noch nicht die vorgeschriebene blaue Banderole?« fragte er zum Beispiel streng die an der Promenade wartenden Taxifahrer. »Wer bis morgen nicht das blaue Band am Wagen hat, dem entziehe ich die Fahrlizenz.«

Oder zu einem Kneipenbesitzer: »Wenn du nicht auf der Stelle deinen Ober ein weißes Hemd anziehen läßt, wie ich es angeordnet habe, schließe ich deinen Laden!«

Auch über die Nachtbars hatte er festumrissene Vorstellungen, die er ebenfalls in einer genauen Vorschrift festgelegt hatte: »Die Beleuchtung muß so hell sein, daß man noch ohne Mühe eine Zeitung lesen kann.«

Diese Überwachung überließ er jedoch seinen Beamten. Denn er selbst war Familienvater und hatte eine achtbare Frau. Wie hätte er Besuche in Nachtbars rechtfertigen können? Etwa mit Zeitunglesen?

Nun beobachtete dieser Bürgermeister nicht nur seine täglichen Pflichten mit Eifer, sondern er träumte auch von der zukünftigen Größe der Stadt, die er regierte.

»Wir sind heute schon für das Jahr 2.000 gerüstet!« rühmte er einem Pressemann gegenüber, der ihn noch kurz vor seiner Ablösung interviewte.

Und: «Noch in diesem Jahr werden wir eine fünf Kilometer lange Strandpromenade haben.»

Jeder wird zugeben, daß ein Traum von zukünftiger Größe etwas Edles an sich hat. Aber das erkennen die Leute meist erst später, wenn der Traum Wirklichkeit geworden ist.

»Wir brauchen Ideen, wir brauchen Phantasie!« sagte der Bürgermeister.

Aber die Leute, die sich über seine Befehle geärgert hatten, wie die Taxifahrer, die Wirtsleute oder die Nachtbar-Besitzer, zeigten dafür kein Verständnis. Sie hatten nur einen Wunsch: »*Der Mann muß weg!*« Und es war ihnen völlig egal, ob dann vielleicht die Strandpromenade gar nicht gebaut würde oder nicht fünf Kilometer lang.

Doch man sollte diese Leute wegen ihrer Kurzsichtigkeit nicht schelten. Denn es war in der Tat schwer, sich diese Strandallee vorzustellen. Fehlte doch dafür an vielen Stellen sogar der Strand. Die Felsen stürzten da senkrecht ins Meer und ließen keinen Platz, weder für Strand noch Straße.

Was die Leute nicht wissen konnten, war, daß der

Bürgermeister gewisse Pläne hatte, die mit dieser Schwierigkeit schon fertig werden würden. Da waren nämlich noch andere Felsen, die sich hinter einem langen Strand auftürmten, und die einige robuste Bauunternehmer sprengen wollten. Sie waren ihnen im Wege, um große Hotels und Hochhäuser mit Ferienwohnungen dahin zu setzen. Aber wohin mit den Massen von Felsbrocken?

Also in dieser verzwickten Lage waren die Bauunternehmer, als der Bürgermeister sie mit seinen weitreichenden Plänen vertraut machte.

»Ich erlaube euch, die Steine ins Meer zu werfen!« sagte er großzügig.

Die Bauunternehmer waren verdutzt.

»Ins Meer werfen!?« dachten sie, »brauchen wir dafür eine Erlaubnis?«

Aber laut sagten sie: »Wenn wir sie ins Meer werfen, ist doch der Strand verdorben. Und den brauchen wir doch!«

Der Bürgermeister warf sich in die Brust: »Ihr habt keine Phantasie! Die Steine ladet ihr natürlich da ab, wo die Felsen ins Meer stürzen. An der Ecke da« - und er drückte seinen Zeigefinger auf eine Kurve im Plan, den er vor sich liegen hatte - »fangt ihr an und schüttet euch selbst die Straße immer weiter voran, bis ihr um diese Felsnase herum seid, und da» - er zeigte wieder auf den Plan - «erreicht ihr dann den Strand.«

Er blickte triumphierend um sich. Die Bauunternehmer waren verblüfft. Es war tatsächlich eine großartige Idee! Und so ließen sie sich auch gar nicht lange drängen, sondern gingen sofort mit Dynamit und riesigen Bulldozern den Felsen zu Leibe. Bald war die ganze Gegend in Staub gehüllt, und niemand konnte mehr den Strand passieren. Aber es waren sowieso nicht viele, die das wollten, denn es war Winter.

Als der Frühling kam, war wie ein Wunder ein langer, breiter Streifen neuen Landes ins Meer hinausgewachsen. Die Füße der vorher meerumbrandeten Felsen staken nun wie in riesigen grauen Schuhen. Die Brandung konnte sie nun nicht mehr erreichen. Über die holprige Fahrbahn ächzten aber immer noch die überladenen Lastwagen, ließen die Steinsbrocken über die Ränder kippen und schoben so das Land immer weiter ins Meer hinaus.

Nun hätte der Bürgermeister gern zu Ostern die neue Straße feierlich eröffnet. Aber es gab da noch ein Hindernis, ein sehr eigenwilliges sogar: die Mündung des Flusses. Es gab nämlich keine Brücke, die darüber führte. Sie war auch gar nicht nötig gewesen, denn für die wenigen Häuser, die auf dem Hügel standen, den der Fluß von der Stadt trennte, wollte der Bürgermeister natürlich kein Geld ausgeben.

»Da kann ich leider gar nichts machen«, hatte er gesagt, »die Brücke müßte von fünf Ministerien in der Hauptstadt genehmigt werden, und das dauert lange.«

»Aber meine Kinder müssen täglich über den Fluß, wenn sie in die Schule gehen«, klagte ein Vater, »kann denn die Stadt nicht wenigstens einen provisorischen Übergang errichten?«

Aber es war nichts zu machen. Wenigstens nicht wegen der Schulkinder. Die hatten doch sowieso Vergnügen am Abenteuer, nicht wahr? Und was gab es Abenteuerlicheres, als jeden Tag einen Fluß überqueren zu müssen, ohne Brücke, versteht sich. Und obendrein führte der Fluß doch fast das ganze Jahr hindurch nur wenig Wasser. Und Steine lagen am Strand in Hülle und Fülle herum. Man brauchte sie ja nur in das seichte Wasser zu werfen, und schon hatte man ein lustiges »Überhüpf«.

Aber jetzt, das war dem Bürgermeister klar, stand mehr auf dem Spiele. Nicht mehr hüpfende Schulkinder, nicht mehr leichtfertige Autofahrer, die im Wasser steckenblieben, sondern die Krönung seines eigenen Werkes. Er fuhr daher kurzentschlossen in die Hauptstadt. Es dauerte eine Weile, bis er im richtigen Ministerium bei dem richtigen Beamten angelangt war, bei dem in einem Haufen unerledigter Akten sich schließlich auch das Brückenprojekt anfand.

»Könnte man nicht etwas Besonderes tun, um die Brücke schnellstens zu genehmigen? Meine Stadt braucht die Brücke. Ohne sie hat die neue Strandallee keine Verbindung mit der Stadt!« Der Ministerialbeamte blickte den Bürgermeister streng an und schwieg.

»Die Aufschüttung ist zwar noch nicht bis zur vollen Breite beendet, aber den Fahrweg könnten wir freigeben«, ereiferte sich der Bürgermeister.

Der Ministerialrat seufzte. »Sie müßten es eigentlich selbst wissen«, sagte er dann in einem Ton von Trauer und Mitleid.

»Was müßte ich selbst wissen?« Der Bürgermeister bemühte sich um Sachlichkeit.

»Daß die Brücke nicht genehmigt werden kann«, sagte ganz leise der Beamte.

»Und warum nicht?«

»Weil Sie«, die Stimme des Ministerialrats wurde plötzlich stahlhart, »eigenmächtig das Staatsgebiet vergrößert haben! Gott sei Dank gibt es treue Untertanen, die die Regierung informieren, sonst wüßten wir überhaupt nichts davon, daß Sie, ohne die Regierung zu fragen, Berge abtragen und sie ins Meer schütten lassen.«

Jeder andere wäre bei einer solchen Anklage zusammengebrochen. Dieser Bürgermeister aber nicht. Zwar war er erschreckt, aber er rappelte sich schnell wieder auf. Zuviel stand für ihn auf dem Spiel, um jetzt aufzugeben.

»Hat denn Ihr Ministerium noch nicht die Unterlagen über das Aufschüttungsprojekt erhalten? Ich hatte doch schon eine mündliche Zusage von Ihrem Kollegen im anderen Ministerium erhalten!« wunderte er sich sehr überzeugend, »sollte ich Ihnen nicht gleich nach meiner Rückkehr eine Kopie zuleiten, damit Sie auch direkt und ohne Verzögerung informiert werden?«

»Ach, das Projekt befindet sich schon in ministerieller Bearbeitung!« freute sich der hohe Beamte, »das wußte ich nicht.« Und nach einer kurzen Pause:

»Also, Sie meinen, die Genehmigung der Brücke solle beschleunigt werden! Gut, gut, ich werde mein Möglichstes tun. Der Herr Minister ist zwar auf einer Auslandsreise, die ihn für die nächsten Wochen von seiner Arbeit fernhält, aber sofort nach seiner Rückkehr werde ich ihm Ihre Brücke zur wohlwollenden Begutachtung vorlegen.«

»Glauben Sie nicht, daß ich inzwischen eine provisorische Lösung vorsehen darf?« fragte vorsichtig der Bürgermeister.

»Ich kann dazu weder *ja* noch *nein* sagen«, meinte betont bescheiden der Herr Ministerialrat, »ich rate jedoch: '*Vorsicht!*' «

Mit dieser Mahnung wurde der Bürgermeister entlassen. Während der Rückfahrt blieb er tief in Gedanken versunken. Er überlegte sich, wie er schleunigst das von ihm erwähnte 'Aufschüttungsprojekt' fertigstellen könnte. Denn es existierte ja überhaupt noch gar nicht! Niemand, er selbst nicht, keiner seiner Berater, hatte daran gedacht, daß mit dem Bau der Straße um die Felsnase herum »das Staatsgebiet vergrößert« wurde! Hatte das ganze Unternehmen dadurch vielleicht sogar militär-politischen Hintergrund? Das wäre in der Tat sehr unangenehm.

»Wenn das Werk erfolgreich beendet ist, wird jeder Beifall klatschen. Nach dem Sieg kräht kein Hahn mehr danach, wie er erreicht wurde!« sagte sich schließlich der Bürgermeister. Und als er in seine Stadt zurückgekehrt war, hatte er sich endgültig zur Tat entschlossen.

Die staunende Bevölkerung erfuhr davon schon am nächsten Tag: die neue Uferstraße wird am Samstag vor Ostern, abends um sechs Uhr, offiziell eröffnet. Bis dahin waren es noch zehn Tage, und immer noch hüpften die Kinder auf den Steinen über den Fluß, und jeden Tag mußte wenigstens ein Auto aus dem Fluß gezogen werden. Aber entlang der neuen Straße, die eigentlich noch gar keine Straße, sondern ein breiter Schotterweg war, wurden schon Masten aufgestellt, Glühbirnen wurden daran befestigt und Fahnen darum drapiert. Schließlich wurden auch Drähte gezogen, und zwar von einem geprüften Elektrotechniker der Elektrizitätsgesellschaft.

Und immer noch bewegte sich nichts am Fluß. Viele Leute malten sich schon aus, wie der Bürgermeister selbst mit seinem Einweihungsauto im Fluß steckenbleiben würde.

Da passierte es dann schließlich drei Tage vor dem Termin: Ein riesiger Tieflader brachte acht wuchtige Betonröhren angeschleppt. Ein Bagger fraß eine breite Rinne quer durch das Flußbett. Ein Kran bugsierte die

Röhren hübsch eine neben der anderen hinein. Ein fleißiges Arbeitskommando, weiterhin unterstützt von Kran und Bagger, brachte dann binnen zwei Tagen eine glatte Überfahrt über die im Fluß ruhenden Röhren zustande. Schließlich wurde sogar ein Schutzgeländer an beiden Seiten angebracht. Und das war auch dringend notwendig, denn die Überfahrt war gerade so breit wie ein mittelgroßes Personenauto. Unvorsichtige Fußgänger hätten also leicht ins Wasser gestoßen werden können, hätte man sie ohne den Halt des Geländers gelassen.

Pünktlich am Samstag war der Übergang fertig. Es ist richtig, »Übergang« zu sagen, oder auch »Überfahrt«, denn eine Brücke war es nun wirklich nicht, obgleich es harmlose Mitbürger gab, die meinten, es sei doch schon die solange erwartete Brücke. Erfahrenere, oder einfach Besserwisser, mäkelten natürlich sofort: »Die überlebt doch das nächste Hochwasser nicht! Was für ein Unsinn!«

Aber schließlich wollten doch alle dabeisein, wenn der Bürgermeister den feierlichen Akt der Eröffnung vollzog.

Bei herrlichem Wetter zog die Karawane aus der Stadt, und bald bedeckte eine bunte Menschenmenge das gesamte aufgeschüttete Gelände. Und das war gut so, denn so sah man nicht mehr das staubige Grau, die unaufgeräumten Steinhalden, die unplanierten Löcher und Mulden. Das seltsame Gefühl, dort zu stehen, und zwar auf felsigem Grund, wo noch vor kurzem das Meer gewesen war, faszinierte viele, und andere waren begeistert vom neuen Panorama, das sich an der nun zurückliegenden Felsnase bot. Die Leute waren eigentlich alle so zufrieden mit dem, was ihnen geboten wurde, daß ihr fröhlicher Lärm die wenigen stolzen Worte des

Bürgermeisters zur Einweihung fast verschluckte. Nur die um ihn gruppierten Honoratioren der Stadt hätten ihn verstehen können. Aber die schienen sich nicht so sehr dafür zu interessieren und verabschiedeten sich auch sehr bald. Sogar die Presseleute, die aus der Provinzhauptstadt herbeigeeilt waren, blieben nicht lange. Darüber war der Bürgermeister allerdings eher glücklich, denn in der Zeitung war gerade einige Tage zuvor angedeutet worden, daß der Gouverneur seine Ablösung erwäge. Und deswegen hatte er das Interview gegeben, von dem am Anfang schon gesprochen wurde, und wo er sich noch einmal als der *Mann mit Zukunft* empfohlen hatte. Nun sollten seine Erfolge für ihn sprechen.

Und tatsächlich schien es ein großer Erfolg. Noch bis in die Nacht hinein spazierten die Leute die neue Straße entlang. Dabei dienten die Glühbirnen an den Masten mehr als Richtungsweiser denn als Beleuchtung. Auch an den nächsten Tagen war dies das Hauptziel der Leute: zu Fuß, per Fahrrad, zu Pferd oder per Auto. Es schien alles in schönster Ordnung. Der Bürgermeister konnte stolz sein.

Dieses Gefühl konnte er aber nur kurze Zeit ungeschmälert genießen. Schon wenige Tage nach Ostern erhielt er an seinem Amtssitz im Rathaus eine richterliche Verfügung, sofort die ohne ministeriell genehmigte Baulizenz errichtete Überführung über den Fluß zu beseitigen und den früheren Zustand wiederherzustellen.

Der unzureichende Durchlaß der Überführung würde bei Hochwasser zu einer Überschwemmung auf den Grundstücken neben der Flußmündung führen, hieß es in der Begründung. Ja, und direkt an der Flußmündung gab es nur ein einziges solches Grundstück, und auf ihm stand nur ein Sommerhaus.

Allerdings hatte der Bürgermeister nicht gewußt, daß dieses ausgerechnet jenem hohen Ministerialbeamten aus der Hauptstadt gehörte, der das Brückenprojekt auf seinem Tisch hatte, und dem er eine Kopie des »Aufschüttungsprojekts« versprochen hatte.

Was blieb ihm also übrig? Er ordnete den Abbruch an. Teils empört, teil samüsiert sahen sich die Leute die 'Wiederherstellung des natürlichen Zustands' an. Schon am selben Abend blieb schon wieder das erste Auto im Fluß stecken.

Aber als einige Tage später sich einige Leute, die jenseits des Flusses wohnten, zu einer gemeinsamen Aktion aufrafften und Audienz beim Bürgermeister verlangten, kamen sie schon zu spät: Der Gouverneur hatte ihn abgesetzt. Und einen neuen Bürgermeister gab es noch nicht.

Als es dann wieder einen gab, beherzigte dieser die Erfahrungen, die sein Vorgänger gemacht hatte. Für ihn sollte es ein Brückenprojekt überhaupt nicht geben. Er ließ sogar die Beleuchtung an der neuen Straße wieder beseitigen.

Und die Steine, die die Schulkinder in den Fluß werfen, um hinüberzukommen, gefährden bei Hochwasser auch nicht die benachbarten Grundstücke, so daß das Sommerhaus des in der Hauptstadt schwer arbeitenden Beamten ihm noch viele Jahre sichere Unterkunft während seines wohlverdienten Urlaubs bieten wird.

* * *

Ein Unglück kommt selten allein

Die Sonne war heute schon früh auf den Beinen.

Doña Lucía Rodríguez García bekam es bald schon unangenehm zu spüren. Noch bewegte sie sich allerdings nicht. Der rote Nagellack, alt und brüchig, aber immer noch auf den Zehen sich unangemessen brüstend, gab nun erst auf. Gegen das gierige Feuerrot der tastenden Spinnenfinger der Sonne vermochte er nichts mehr.

Der kleine Zeh, gekrümmt wie ein Schalterbeamter, spürte ein aufregendes, lang entbehrtes Kitzeln in der feuchten Beuge seiner geschwollenen Glieder. Wie lange war es her, daß Doña Lucía ihn mit Zärtlichkeit behandelt hatte! Aber diese jähe Morgensonne war keine Wiedergeburt alter Zeiten. Sie war nur geil, neugierig und egoistisch.

Die Gardine bewegte sich in einem leisen Windzug, der hinter dem schlecht schließenden Fensterflügel schon eine Weile sein sinnloses Spiel getrieben hatte. Der Spinnenfinger, rot und fast schon heiß, ging und kam, ging und kam.

Doña Lucías linkes Bein zuckte. Das Bettuch wechselte ohne Übergang in eine liebliche Landschaft. Ein düsterer Fallschatten ertränkte sich in einem grauen

See, der einmal weiß gewesen war. Der kleine Zeh war nicht mehr so allein in der frühen und doch zu späten Leidenschaft. Der gesamte Verband der vereinigten Zehen des linken Fußes der Doña Lucía streckte sich in der gelbgewordenen Wärme einer kleinen Sonnenhand. Die ganz individuelle Wollust jedes einzelnen Zehs durchpulste dennoch die aufeinander angewiesene Gemeinschaft des Verbandes und vermittelte so jenes heute selten gewordene Gemeinschaftsgefühl.

Mit einer unangemessen heftigen Bewegung zog Doña Lucía ihren unzüchtig erwärmten linken Fuß unter die weißliche Decke, eine Aktion, die in ihrer Plötzlichkeit sehr wohl geeignet war, das unmoderne Gemeinschaftsgefühl der Zehen auf eine harte Probe zu stellen. Die eintretende Verwirrung machte den Zweck der Maßnahme zunichte: Der Morgenschlaf der Doña Lucía war nicht mehr zu retten. Sie stöhnte leise und wehrte resigniert Fliege N.º 1433717 bt ab, die schon erfolgreich einige Partien ihres Halses erkundet hatte.

*

»Ich bin sehr erregt«, flüsterte heiser Pinie N.º 4312119 cal, »mein jüngster Trieb ist wie ein kurzgeschlossener Kreis. Ich schoß ihn hinaus, weil N.º 4312120 cal zu schön ist. Nun erdolcht er mich mit seiner Zärtlichkeit. Wäre ich jünger, und meine nordwestliche Wurzel würde mich nicht so schmerzen, ich würde es genießen, weiß Gott! Aber nun? Die Flügelspitzen der weiß-schwarzen Meise N.º 42132 v haben ihn gestreift wie eine lang vergessene, lang ersehnte Liebkosung. Es kam fast zu einer Verwirrung meiner Jahresringe. Und dann diese raffinierten Fingerspiele der übermüdeten Morgensonne!«

Ein Zittern durchlief den trockenen Boden. Die Straße war zu nahe, um die emanzipierten Steine zur Ruhe kommen zu lassen.

»Manolo ist ein Idiot«, fuhr Pepe fort, »aber eigentlich kein Wunder, Conchita ist alt geworden.«

Die vollen Coca-Cola-Flaschen schlugen einen dumpfen, unregelmäßigen Takt zu den fast tänzerischen Bewegungen des schwerbeladenen Lastwagens, der in den wechselnden Kurven nur dank seines durchtrainierten Körpers die Balance halten konnte.

Pinie N.º 4312119 cal schwieg eine Weile. Nicht freiwillig, versteht sich. Sondern es war so, daß jeder vorbeifahrende Lastwagen ihrer südlichen Wurzel einen fast sexuellen Schmerz verursachte, ein Anschwellen wellenartigen Zitterns, verbunden mit einer unvorhersehbaren Richtung unterschiedlichen Drucks, einem Höhepunkt des Lustbewußtseins und dem sich entfernenden, resignierenden Abklingen der Erregung.

Der rechte Vorderreifen des Coca-Cola-Wagens hatte Überdruck. Zum ersten Mal bemerkte Pinie N.º 4312119 cal erschreckt, daß sich ihr ein neuer, vorher nie gefühlter Widerstand unter ihrer südlichen Wurzel entgegensetzte. Es war nur ein Bruchteil einer Sekunde bemerkbar, aber schon war es ein Berg von Gewißheit: N.º 4312120 cal!

*

Doña Lucía Rodríguez García wollte es noch nicht wissen. Aber trotzdem: Sie war wach! Niemand weiß wirklich, woran man es unabweislich merkt: Ich bin wach, - aber dennoch, Doña Lucía wußte es! Und das war ihr, wie schon früher angedeutet, unangenehm. Noch hatte sie nichts bewegt. Das heftige Hereinziehen des linken Fußes war keine Bewegung. Es war eine unbewußte Reaktion auf eine Zumutung.

Eine Ewigkeit vergeht zwischen der unangenehmen Erkenntnis »ich bin wach« und einer x-beliebigen Folgerung daraus. Doña Lucía war eine Spezialistin dieses Zwischenspiels, das unabwendbar in Moll begann.

Warum war Luis gestern abend so zärtlich gewesen? Er hatte ihren Oberarm berührt und dann später die seltsame Warze unterhalb ihrer rechten Brust betastet. Er hatte in seiner nachdenklichen, abwesenden Art von einer Neuorganisation seiner Transporte gesprochen und war dann schließlich mit einem zufriedenen Seufzer eingeschlafen.

Zeigefinger und Daumen ihrer linken Hand bewegten neugierig jene seltsame Warze. Sie schreckte leicht zusammen. Nicht, weil das Gefühl unangenehm gewesen wäre, sondern weil es so unverschämt wirklich war. Es war klar: Sie war wach!

*

»Manolo ist kein Idiot«, unterbrach Paco, »er ist nur traurig. Er weiß schon, daß er verloren ist. Gestern abend hat Conchita ihn keifend von der Theke geholt. Sie kennt keine Rücksicht.«

Pepe hupte in den letzten Satz, nicht aus Ungezogenheit, sondern wegen der gefährlichen Kurve. Aber es freute ihn, daß er gerade jetzt hupen mußte.

»Manolo ist nicht traurig«, stellte er sachlich fest, »Manolo ist ein Stück Holz, das irgendwo herumliegt, und das ist es, was Conchita so wütend macht.«

*

Die Gardine bewegte sich wieder. Eine Farce, es gab keinen Wind, sondern nur so etwas wie das Experiment eines Spezialisten: Welcher Temperaturunterschied ist nötig, um durch die gegebene Breite eines Windkanals, gebildet durch den Spalt zwischen zwei Fensterflügeln, einen Luftzug zu erzeugen, der in der Lage ist, ein Gewebe einer gegebenen Struktur und Größe in Bewegung zu bringen?

Immerhin gab es eine kurze Frische, eine lässige Aufforderung zum Wagnis. Doch Doña Lucía war zu sehr beschäftigt. Die Landschaft ihrer Bettdecke geriet in Bewegung, wie ein Szenenwechsel der Urzeit: zwei Kordilleren im Aufbäumen und Zurückfallen und das Erscheinen eines neuen Elements: der rechte Fuß, weiß, mit roten Zinnen.

*

N.º 4312120 cal hatte ihre Wurzel weit unter die Straße vorgeschoben, unbemerkt und strebsam. N.º 4312119 cal wußte es nun und erzitterte bis in die obersten Zweige. War es richtig gewesen, bescheiden zu bleiben, junge Triebe in den Himmel zu schießen und sich der kleinen Zärtlichkeiten der weiß-schwarzen Meise N.º 42132 v zu freuen? Was konnte die Wurzel ihrer aggressiven Nachbarin unter der Asphaltdecke wollen, wenn nicht ihren ausgestreckten Arm abdrosseln? Und was würde aus ihr werden, wenn sie den Halt am Steilhang verlöre?

*

Der Nagellack am rechten Fuß war noch gut erhalten. Warum er besser war als der am linken, war unerfindlich. Er wurde am gleichen Tag hergestellt, und von Doña Lucías rechter Hand sorgfältig aufgetragen, zuerst auf die rechten, dann auf die linken Zehen. Für die rechten Zehen war diese kurze zeitliche Bevorzugung Grund genug, sich den linken unendlich überlegen zu fühlen, wie sie überhaupt schon immer eine auch nur begriffliche Vereinigung mit den linken leidenschaftlich abgelehnt hatten. Denn was hatten sie schon gemeinsam mit ihnen außer einigen äußerlichen Nebensächlichkeiten? Die Zugehörigkeit zu einer höheren Ordnung war eine nicht zu bezweifelnde Tatsache: Sie waren schlanker und schwollen nie an, ihre ebenmäßige Hierarchie war so vollendet, daß Doña Lucía am Strand stets nur den rechten Fuß zur Geltung brachte, und schließlich machten sie sich nie durch Schmerzen unangenehm bemerkbar, logisch daher, daß der Anstrich ihrer Nägel leuchtender und dauerhafter war.

Es war schon ein erhebender Anblick, wie sich da die Phalanx der fünf Rotgekrönten am Steilhang des Bettes der Doña Lucía erhob, prachtvoll und zweckmäßig geordnet, jeder Zeh eine Persönlichkeit, aber auch ein der Gemeinschaft sich unterordnendes Glied. Die Morgensonne erkannte den Unterschied zu den linken sofort: Nein, hier war das klassische Sonnenlicht angebracht, wie es in gemäßigten Breiten üblich ist, es wäre abwegig gewesen, leidenschaftliche Hitze einzusetzen.

*

N.º 4312120 cal war schön. Sie vereinigte mit der Regelmäßigkeit ihrer schlanken Äste eine gefällige Faltung ihres hellgrünen Nadelkleides. Die Rundungen ihrer Brustpartie blieben selbst im groben Westwind sieghaft. Sie war geschaffen für das begeisterte Auge des Tages. Aber, seltsames Spiel des Schicksals, sie war eine Nachtkreatur. Mit einsetzender Dunkelheit begann erst ihr atmendes Leben, ihr stilles, stetiges Wirken. Kein Wunder, daß schon Generationen der Eulenfamilien N.º 981 bis 986 bei ihr verkehrten. Sanfte Bewegungen in tiefverwurzeltem Gleichmut, gepaart mit zielsicherer Energie im Detail, waren Eigenschaften, die sie den Eulen dieser Familien ähnlich und darum sympathisch machten.

Seit vielen Nächten schon war N.º 4312120 cal in südlicher Richtung unterwegs, wohin sie eine besonders starke, elastische Wurzel vorgeschoben hatte. Der Süden hatte zwei verlockende Eigenschaften: Auf der Straße standen keine anderen Pinien, und in der Nacht war dort alles still. Überdies war es die Seite, die ihr Vater nicht einsehen konnte. Es wäre ihr nicht lieb gewesen, wenn er, grobschlächtig und ewig mißtrauisch wie er war, ihre nächtliche Emsigkeit hätte bemerken können.

Aber nun war etwas geschehen, das sie nicht vermutet hatte. Ihre Nachbarin, diese schon ein wenig überreife N.º 4312119 cal, hatte offenbar im Süden ihre Hauptstütze. An diesem Morgen, in der letzten Bewegung vor dem Einschlafen, hatte es sie plötzlich wie ein Blitz durchzuckt: Der feste Druck, den sie schon seit einigen Nächten mehr geahnt als gefühlt hatte, war nicht die Straßendecke, sondern der südliche Arm ihrer Rivalin.

*

Die rechten Zehen zuckten entsetzt zusammen. In einer unglaublich raschen Bewegung hatte Doña Lucía die Ferse ihres linken Fußes auf sie niedersausen lassen. Aber die Fliege N.º 1433717 bt war schneller. Das Laken hatte sich bei dieser plötzlichen Polizeiaktion wie ein Regattasegel im Fallwind aufgerichtet und flatterte nun, ein unförmiges Blatt, neben dem Bett zu Boden.

In der wiedereingetretenen, unheimlich wirkenden Stille ließ sich nur das schmirgelnde Geräusch von Doña Lucías Atem vernehmen. Der rechte große Zeh, durch den Fersenschlag unter seinen Nachbarn gequetscht, versuchte, sich aus seiner unwürdigen Lage zu befreien. Dabei passierte ihm etwas Scheußliches: Er verkrampfte sich. Zum ersten Mal bemerkte Doña Lucía, daß sie auch am rechten Fuß Zehen hatte, die nichts anderes waren als eben Zehen. Der jähe, spitze Schmerz im großen Zeh ließ sie vom Bett aufspringen und vorgebeugt, mit angewinkeltem Bein, massierte sie fluchend dieses widerliche Stück von einem Zeh.

Eine Klingel schnarrte. Welche? Telefon oder Haustür? Warum nur immer noch diese Ähnlichkeit, dieses falsche Erkennungszeichen für zwei so unterschiedlich gefährliche Einbrüche in die Privatsphäre! Eine zu starke Belastung des Entscheidungsapparates der Doña Lucía: Die Sicherung schloß kurz, und sie sank auf ihr Bett zurück.

Es war Luis Schuld. Er hätte es wissen müssen, daß sie solchen Beanspruchungen nicht gewachsen war. Tür oder Telefon, ein brutal sich hereindrängender Körper oder eine auf mittlere Frequenzen zusammengedrückte Stimme, unnatürlich und herausfordernd. Das Erwachen war problematisch genug gewesen. Eine Bedrängung von links und rechts, eine plötzliche Reflexbewegung und ein scharfer, noch nie empfundener Schmerz! Was wollte dieser Morgen von ihr?

*

Luis erhob langsam seine linke Hand, um sich den Schweiß vom Nacken zu wischen. Die Finger seiner linken Hand, schlank mit wulstigen Gelenken, führten das himmelblaue Tuch bei dieser Bewegung wie einen mißbrauchten Fächer, weltfremd, ohne Sinn für das Praktische. Es war aber auch das Tuch, das sich wehrte, sachgerecht verwendet zu werden. Es war neu und hatte eine eigene Auffassung von seiner Eignung und die störrische Überzeugung, daß *sachgerecht* nur ein Deckname für *ungerecht* war. Außerdem hatte es sofort erkannt, daß diese Finger nicht in der Lage waren, seinen Widerstand zu brechen. Sie hatten einen Sinn für das Gemäße und ein ausgeprägtes Feingefühl für vornehme Gewebe. Es war nur notwendig, sie daran zu hindern, aus angeborener Nonchalance etwas zu tun, was sie eigentlich verabscheuten.

Der mattsilberne, achteckige Kugelschreiber stand aufrecht mit leicht angedeuteter Lässigkeit zwischen Daumen, Zeigefinger und Mittelfinger der rechten Hand. Luis liebte ihn, und er wußte es. Darum konnten diese

Finger der rechten Hand, die sich in gewöhnlichen, unaufhörlichen Bewegungen erschöpften, ihm nichts anhaben. Er hatte sich seit kurzem damit abgefunden, daß seine Versuche, Luis zum Linkshänder umzufunktionieren, fehlgeschlagen waren. Seitdem war seine Haltung, gewachsen am Verzicht, einmal von den schlanken Fingern der linken Hand geführt zu werden, noch aufrechter geworden.

Das war ein Vorteil für Luis großes neues Werk: die Umorganisation seiner Transporte. Der achteckige, polierte Leib des Schreibers war wie ein Symbol des neuen Systems: Glatte Verbindungen in alle Richtungen, haarscharf konzipiert und in einer einheitlichen Spitze direktiv zusammengefaßt. Es war eine Kugelspitze, durch die das Schema auf das weiße Papier projiziert wurde, eine bewegliche und doch streng festgelegte, wie sie in der modernen Führung notwendig war. Es wäre irrig gewesen, zu meinen, der silberne Stift würde in diesem Augenblick des Atemholens von den Fingern gehalten. Es hieße, die Würde des Achteckigen zu unterschätzen: Der hatte Standfestigkeit und Selbständigkeit genug für eine unabhängige Haltung.

*

Es schnarrte zum zweiten Mal. Doña Lucía zuckte zusammen: Telefon oder Haustür? Sie horchte angestrengt hinaus. Es war wieder still. War es die Haustürglocke, so hätte spätestens jetzt das Mädchen Luisa ordnungsgemäß zur Tür gehen müssen, um zu sehen, was es gibt. War es aber das Telefon, so durfte Luisa um Gottes willen nichts tun, denn seit dem furchtbaren Fall mit Andrés hatte sie den strikten Befehl, das Telefon zu ignorieren. Saß vielleicht Luisa jetzt in der Küche genauso gespannt lauschend wie sie selbst, weil auch sie nicht unterscheiden konnte: Tür oder Telefon? Wahrscheinlich aber war sie nur verantwortungslos und würde ihre Pflichtvergessenheit damit entschuldigen, daß sie das Schnarren für das Telefonläuten gehalten hätte.

Das dritte Geschnarre wirkte auf Doña Lucías Nerven wie eine stumpfe Säge auf einem schlecht gehaltenen Holz. Es schmerzte am ganzen Körper, aber es bewirkte nichts. Erst beim vierten Mal wurde jene Reizschwelle überschritten, die zur Tat führt. Sie richtete sich mit wütender Plötzlichkeit auf, erreichte die Schlafzimmertür, riß sie auf, stolperte über den plötzlich wieder verkrampften großen Zeh des rechten Fußes, ergriff, schon im Fall, den Hörer und stürzte dann, die ganze Apparatur mit sich reißend, zu Boden. In die jähe Stille tropfte wie ein tröstliches Zeichen weitergehenden Lebens das Amtszeichen und dann, plötzlich, wie das unerwartete Blöken einer Kuh in einer Kirche, das schon bekannte Schnarren, nun aber deutlich, mit einigen Frequenzen angereichert, von der Haustür her.

*

Ein leichtes Zittern lief durch den achteckigen silbernen Leib, ein unverkennbares Zeichen sich verstärkender Konzentration. Doch zur explosiven Tat kam es nicht. Die schwere, beschlagene Tür zu Luis Büro begann sich zu öffnen. Das war ein mühseliger Ablauf, so wie eine Geheimtür in einem Spukschloß sich öffnet. Luis liebte diese Tür und die Art, in der sie sich widerstrebend öffnete. Sie ersparte das ihn erschreckende Anklopfen und gab ihm Zeit, aus seiner geistigen Konzentration, die er für die Neuorganisation seiner Transporte benötigte, auf eine mittlere Empfangsbereitschaft herunterzuschalten.

Wie aus einem gähnenden Mund die Zähne auftauchen, löste sich aus der größer werdenden Türöffnung eine fleckig hellblaue Gestalt, und während sie, leicht gebückt und vorsichtig, auf den großen Schreibtisch zu sich vorschob, legten die Finger Luis rechter Hand den silbernen Achteckigen neben das weiße Papier, zogen sich zurück und lagen schließlich in zwar widerstrebender, aber dennoch folgsamer Verschränkung mit denen der linken Hand auf Luis Weste.

Diese Haltung erwies sich als notwendig und nützlich. Denn schon begann sich der Gewitterregen der Rede des Eindringlings über Luis zu ergießen, heftig, von Windstößen der Erregung gepeitscht. In den kurzen Pausen öffneten sich Luis schwere Augenlider ein wenig, und aus seinen sonst geschlossenen Lippen streckte er ein 'interessant' oder 'aha' wie eine Hand, die hinaustastet, um festzustellen, ob es noch regnet. Wie es beim Gewitter häufig ist, brach der Regensturm plötzlich ab, und eine große, feuchte Stille breitete sich aus. Es war schwer, sich in dieser Lage einen Feuersturm vorzustellen, der oben im Gebirge angeblich tobte und verlangte, daß Luis die kaum erst konzipierte Umorganisation seiner Transporte schon in diesem Stadium außer Kraft setzte.

Bevor noch das Ansinnen richtig verdaut war, stürzte der letzte Guß der davonziehenden Wolke in einer heftigen Aufforderung zur sofortigen Entscheidung auf den durchnäßten Luis. Seine Zunge preßte sich eigensinnig gegen den oberen Gaumen, um ein »nein«

hinauszuschleudern, aber es wurde nichts daraus. Wahrscheinlich war der Luftstrom zu stark, den er ansetzte, oder die Zunge hatte sich zu sehr durchgebogen. Jedenfalls wurde aus dem »nein« eine »zwei«, der nach kurzem Stocken, so als hätte eine zu dicke Münze doch noch Durchlaß gefunden, ein energisches »aber nicht mehr« folgte.

*

Eine künstlerisch abgewogene Waagerechte war der niedrigste Ast der Pinie N.º 4312119 cal; er war gleichzeitig eine noch unvollendete Parallele ihrer südlichen Wurzel, deren Vordringen sie in einem Abstand von etwa zwei Metern folgte. Vor einigen Tagen hatten die Schwierigkeiten angefangen. Ein von einem Lastwagen rücksichtslos zur Seite gedrückter Radfahrer war gegen den Ast gefahren und hatte dabei die vordersten 50 cm des Astes abgebrochen. Jetzt ragte die zersplitterte Spitze wie ein blutender Armstumpf auf die Straße, und die Pinie war unablässig dabei, die Wunde mit Harz notdürftig zu schließen. Aber nicht nur an das Nächstliegende dachte sie dabei, sondern sorgte sich vielmehr darum, wie nun die geschändete Waagerechte, die sie für ihre Südwurzel für so notwendig hielt, wiederhergestellt und weiter vorgetrieben werden könnte. Das schien ihr nach der soeben über sie hergefallenen Erkenntnis des Anschlags ihrer Nachbarin auf ihre Südwurzel nur noch wichtiger geworden zu sein.

Die Gefühle, die der rechte Vorderreifen des Coca-Cola-Lastwagens so heftig erweckt hatte, waren noch nicht ganz abgeklungen, als der rote Sportwagen GR 5822410, in wilder Geschwindigkeit aus der Kurve getragen, direkt in den blutigen Aststumpf raste. Der Aufprall war so heftig, daß die Pinie N° 4312119 cal vergeblich versuchte, sich an ihre Südwurzel zu klammern. Sie zerriß, die Straßendecke brach auf, und, ihres wichtigsten Halts beraubt, stürzte sie mitsamt aufgespießtem Sportwagen rittlings den Steilhang hinunter.

In einer solch tödlichen Katastrophe zieht das ganze Leben an einem vorbei, sagt man. Der Pinie N.º 4312119 cal wurde dafür keine Zeit gelassen. Denn im Fall hatte das aus dem geplatzten Wagentank zerspritzte Benzin ihren ächzenden Körper wie in einer heidnischen Art von letzter Ölung übergossen, und, ohne ihr Bewußtsein wiedererlangt zu haben, verwandelte eine plötzliche Explosion sie in einen lodernden Scheiterhaufen. In wenigen Sekunden hatten die erbarmungslosen Flammen auch die Pinie N.º 4312120 cal erfaßt und bereiteten ihrer Schönheit und ihren nächtlichen Problemen ein grausames Ende.

*

Schon ein handgestrickter Pullover ist jemand, dessen Charakter nicht nur durch Machart und Material bestimmt wird. Die fürsorgenden Hände, Werkzeuge mütterlicher oder großmütterlicher Liebe, vermögen eine Wärme hineinzustricken, die ihn zu einer Persönlichkeit eigener Prägung werden lassen.

Wenn menschliche Hände schon ein so alltägliches, profanes Kleidungsstück veredeln können, wieviel mehr können sie in ein vornehmes Gewebe, das dem sakralen Dienst bestimmt ist, edelste Gefühle hineinwirken. Vom

Augenblick der Empfängnis der Eingebung an, eine Altardecke werden zu lassen, währt die Zeit der stillen Erziehung zum heiligen Dienst. Hier wird die handwerkliche Fertigkeit zum direkten Träger und Vermittler höchster Werte, tiefster Religiosität.

Eine solche Gesinnung hatte vor mehr als einem Jahr Doña Lucía beherrscht, als sie, die der kontemplativen Lebensauffassung sonst zugeneigt war, von einem jähen Tatendrang befallen wurde. Ein junger, eifriger Pfarrer hatte seinen Einzug gehalten, und die kleine Kirchengemeinde erlebte einen plötzlichen Frühling, besonders ihrer weiblichen Mitglieder. In zahlreichen bekenntnisdurchdrungenen Gesprächen mit dem Pfarrer hatte Doña Lucía getrachtet, ihrem lebendigen Gottesglauben Ausdruck zu verleihen. Aber jedes Gespräch hatte sie rastloser und unausgeglichener gemacht. Bis sie schließlich, von ihrem Beichtvater aufgefordert zu opfernder Tat, ein kostbares Gewebe kaufte, um mit eigener Hand daraus eine Altardecke werden zu lassen.

Aber wie so vieles in unserer fehlerhaften Welt, blieb die Decke unvollendet. Es hatte sich herausgestellt, daß jener junge Pfarrer nur ein nüchterner Eiferer war, dessen Phantasie nicht über die Einrichtung eines Spielzimmers im Waisenhaus hinausging. Ihr Verhältnis hatte sich nach vergeblichen Mühen, seinen Eifer auf höhere Ziele zu lenken, bald abgekühlt. Die Decke, in die Doña Lucía ihre innerste Glut hineingewebt hatte, war jedoch schon zu Höherem unausweichlich geprägt. Ihre goldgewirkten Blätter und Blüten, gewunden um ein unschuldiges Osterlamm, strahlten eine erhabene Innerlichkeit aus, die durch den plötzlichen Abbruch der Arbeiten nicht mehr wesentlich beeinträchtigt werden konnte.

Nun lag diese Decke schon seit vielen Monaten auf einem wunderschön geschnitzten Tisch im kleinen Salon, der als Boudoir dem Schlafzimmer der Doña Lucía vorgeschaltet war. Das Bewußtsein der ursprünglich sakralen Bestimmung war so lebendig, daß die Decke trotz ihres langen Aufenthalts im Salon keinerlei Verbindung zu den Sachen und Sächelchen ihrer Umgebung aufgenommen hatte. Das irritierte besonders den Tisch, der immerhin aus der Bibliothek eines Landedelmannes stammte.

An diesem Morgen nun wurde die Meditation der verhinderten Altardecke durch das schon beschriebene plötzliche Geschehen brutal unterbrochen. Aber bevor sie noch zu einer Reaktion auf das Herein- und Herunterstürzen ihrer Schöpferin fähig gewesen wäre, wurde sie von der ebenso plötzlich erschienenen Luisa ergriffen und über die nackt am Boden Liegende geworfen. Dann verschwand Luisa ebensoschnell wie sie gekommen war, denn zum sechsten Mal schnarrte nun die Glocke. Die Decke inzwischen, mit einigen Brokatfalten unvermeidbar die warme Haut der Doña Lucía berührend, krümmte sich in namenloser Scham und tiefer Verwirrung.

*

Luis war aus dem Konzept gebracht. Allerdings konnte man es ihm nicht ansehen. Seine Hände lagen noch gefaltet auf seiner Weste, und die Stellung seiner Augen hatte sich nicht geändert, seit der Störenfried hinter der langsam zufallenden Tür verschwunden war. Aber in seinem Gehirn bewegte sich etwas Unangenehmes durch die gewundenen Gänge. Die herrliche Ordnung des neuen Transportsystems entschwand wie ein schöner Traum, aus dem man zur Unzeit erwacht. Oben im Gebirge brannte es. Es brannte, weil ein Sportwagen, aufgespießt auf einen Ast, explodiert war. Zwei seiner Lastwagen, die eigentlich dringend für die Versorgung der Bevölkerung mit Coca-Cola benötigt wurden, waren mit einem Hilfskommando nach oben unterwegs. Nun gut, er hatte die Rettung der Umwelt über seine Versorgungsverpflichtung gestellt. War er darum irritiert?

Etwas mühselig löste er seine Hände voneinander, die rechte ergriff unschlüssig den silbernen Schreiber, legte ihn wieder beiseite und zog dann das Telefon heran. Die Garage antwortete auch nach mehrmaligem Rufen nicht. War er heute morgen mit seinem Sportwagen gekommen? Er konnte sich nicht erinnern. Halb abwesend verband er sich mit seinem Haus. Es klingelte fünf bis sechs Mal, bevor sich jemand meldete. Dann war es Luisas ungewohnt aufgeregte Stimme:

»Don Luis, hören Sie, kommen Sie schnell nach Hause! La Señora....« und schon war aufgelegt.

Luis richtete sich auf, rückte mechanisch den Telefonapparat zurecht, steckte den achteckigen Kugelschreiber in die Seitentasche, räusperte sich, wollte etwas Ärgerliches sagen, schwieg aber dann, weil jenes Unangenehme im Gehirn schon fast alle Gänge wie mit Brandgeruch angefüllt hatte. Mit steifen Beinen schritt er zur Tür, öffnete sie mit Anstrengung und durchmaß den langen Gang bis zur Tür in die Garage mit unnatürlich langen Schritten. Der Sportwagen war nicht da. Es stand nur ein kleiner SEAT, Wagen eines seiner Verkaufsfahrer, in der Halle. Glücklicherweise steckte der

Schlüssel im Schloß. Ohne nachzudenken startete Luis den Wagen und lenkte ihn mit Vorsicht eines gewissenhaften Fahrers aus dem Hof auf die ruhige Landstraße.

Es waren nur wenige Kilometer zu seinem Haus. Er durchfuhr sie langsam und bei äußerlicher Wachsamkeit vollkommen unaufmerksam. Es war ihm, als wäre er rauchvergiftet, - von einem Brand, der mehr als zwanzig Kilometer entfernt oben in den Bergen tobte. Ihn beschäftigte unablässig die Frage: wo ist mein Sportwagen? Und unter diesem Sportwagen-Problem kämpfte er hinhaltend gegen das sich ausbreitende Gerücht, daß seine Frau verunglückt wäre.

Lucía verunglückt! Warum? Wo? In der Anstrengung, auf die Fragen eine Antwort zu finden, kniff er die Augen zusammen, einen Moment nur, aber lange genug, um zu übersehen, daß die Ampel vor der Kreuzung auf Rot stand.

*

Das Städtchen hatte seit vielen Jahren nicht ein solches Begräbnisgefolge gesehen. Nicht, daß etwa die Familie Rodríguez besonders beliebt gewesen wäre, im Gegenteil. Auch gab es am Ort keine betroffene Großfamilie. Ganz atypisch für den Ort hatte das Ehepaar Rodríguez nur ein Kind gehabt, eben jenen leichtsinnigen jungen Mann, der mit dem Sportwagen seines Vaters den riesigen Waldbrand verursacht hatte.

Nein, sehr viele reihten sich in das schwatzende Gefolge nur ein, um irgendwie zu erfahren, wieso es dazu kam, daß alle drei, Vater, Mutter und Sohn fast gleichzeitig, aber an verschiedenen Orten, verunglückten. Das

Unbegreifliche war dabei der Tod Doña Lucías. Die einzige, die darüber hätte erschöpfende Auskunft geben können, nämlich Luisa, das Hausmädchen, war, da völlig zusammengebrochen, von ihren Eltern nach Hause geholt worden. Und die Polizei, die das Mädchen verhört hatte, ließ nichts verlauten.

Da war zwar noch der Gärtner. Aber der erzählte nur immer stereotyp dasselbe: Er hätte von Luis, dem Sohn, den Auftrag gehabt, dessen Mutter zu sagen, sie solle sich nicht beunruhigen, wenn er zu Mittag nicht zu Hause wäre, er sei spätestens am Abend zurück. Das hätte er also bestellen sollen, und deshalb hätte er an der Tür geläutet, mehrmals, weil niemand gekommen wäre, und als dann endlich Luisa geöffnet hätte, wäre er nicht eingelassen, sondern sofort zum Arzt geschickt worden.

Ein paar der besonders unverschämten Neugierigen hatten sich bis vorn durchgefragt. Dort ging, direkt hinter den Särgen, als quasi Anführer einer Gruppe von Arbeitern des Coca-Cola-Vertriebs, José Rodríguez Antequera, ein entfernter Verwandter des verunglückten Unternehmers, der ihm, dem zurückgekehrten Gastarbeiter, vor kurzem einen schlecht bezahlten Job als Lagerarbeiter gegeben hatte. Sollte dieser Mensch nicht etwas mehr wissen? Er würde doch bestimmt erben, vielleicht sogar als einziger?

Aber dieser José ließ nicht mit sich sprechen. Die Arbeiter, an deren Spitze er ging, waren die einzigen des Gefolges, die schwiegen. Ihre Gesichter waren ernst und besorgt. Was würde nun aus ihren Arbeitsplätzen werden? Niemand konnte wissen, ob das Schicksal sich mit der totalen Beseitigung der Unternehmerfamilie begnügen würde oder nicht vielmehr vorhatte, auch das Unternehmen selbst zu zerstören.

Nicht für alle, die in dieser Geschichte eine Rolle spielten, hatte das Schicksal Böses im Sinn. Da war zum Beispiel der silberne achteckige Kugelschreiber, der sich in Don Luis rechter Hand nie wohlgefühlt hatte. Ihn fand im Graben an jener Unglückskreuzung ein Schüler, der auf dem Wege zur Schule bei Rot über die Straße gehastet, gestolpert und dann direkt auf den senkrecht im Unkraut steckenden Schreiber gefallen war. Das war für beide Beteiligten sehr unangenehm, aber nur für einen Augenblick. Denn der wache Knabe sah sehr schnell, auf welche Kostbarkeit er da buchstäblich gestoßen war. Der silberne Schreiber brauchte sich nicht zu schämen, er wurde sorgfältig mit einem Hemdzipfel gesäubert und zu einem wahren Triumph kam es in der Schule für ihn. Die ganze Klasse bewunderte uneingeschränkt die achteckige silberne Pracht, und es kam zu beachtlichen Tauschangeboten. Aber der Knabe blieb hart, er hatte den Stift gefunden und wollte ihn behalten, was, wie sich versteht, diesem ein Hochgefühl gab, das er bei Don Luis nicht gekannt hatte.

Ein nicht geringeres Glück war jener kostbaren Decke bestimmt, die nach ihrer schlimmsten Erniedrigung als Bedeckung des nackten Leibes der Doña Lucía endlich doch ihrer Bestimmung übergeben wurde, nämlich einen heiligen Altar zu decken.

Und das kam so: Es stellte sich sehr bald nach der Bestattung der verunglückten Familie heraus, daß das Unternehmen hoffnungslos überschuldet war. Das Lager wurde geschlossen, die Arbeiter entlassen, und der Coca-Cola-Vertrieb in einen benachbarten Bezirk übernommen, der wesentlich moderner organisiert war.

Das Haus der Familie mit allem Inventar wurde versteigert. Ein Händler ersteigerte für eine lächerliche

Summe die heruntergekommene Altardecke, reinigte sie von den wenigen Blutflecken und brachte sie auf den Wochenmarkt. Dort entdeckte sie eine fromme Ausländerin, kaufte sie für einen beachtlichen Preis und stiftete sie sogleich für den Altar einer gerade neu einzuweihenden Kapelle. Die Altardecke, für diesen Zweck ursprünglich hergestellt, wurde das vielbewunderte Prachtstück des im übrigen bescheidenen Gotteshauses. Sie wartet nun darauf, daß jemand die sich langsam wieder abzeichnenden Blutflecken entdeckt. Dann wäre es nur noch ein Schritt zum erklärten Wunder, zur heiligen Reliquie.

* * *

Die Flut

Die Haustür wurde aufgerissen. Eine Frau trat heraus. Es war Vera. Sie blickte mich böse an und rannte dann los. Ich konnte noch gerade zur Seite springen. Sie hätte mich sonst umgerissen.

»Warum hast du es eilig? Deine Kriminellen sitzen doch noch jahrelang!« höhnte ich ihr hinterher.

Im Korridor traf ich gleich auf Irma. Sie wischte gerade den gestern ausgestreuten Goldstaub von den Nippes.

»Gefällt's dir doch nicht?«

»Es ist grau geworden, das sieht scheußlich aus, dann lieber das Leichenweiß!«

»Oder vielleicht gar kein Nippes?«

»Ich wag' es nicht wegzunehmen. Hast du gesehen, wie wütend Mama war?«

»Die hat hier nicht wütend zu sein, dies ist mein Haus, das Haus meiner Familie, seit Generationen!«

»Ihr seid geschieden, und du hast nun keine Frau mehr, aber meine Mutter ist sie geblieben.«

Was läßt sich darauf erwidern? Wenn ich Vera hier dulde, so doch deshalb, weil sie Mutter ist, die Mutter unserer Kinder. Also muß ich zulassen, daß sie sie an der Leine behält.

Im Wohnzimmer wurde auch gewischt. Meine glückliche Mutter bei ihrer Lieblingsbeschäftigung! Nun brauchte sie nicht mehr in einer engen Stube im Altersheim zu sitzen, wo sie nichts zu putzen, zu waschen und zu kochen hatte, wo man sie in allem bediente. Ja, dafür hatte ich gesorgt. Ich konnte sie nicht neben Vera im Haus behalten, es gab jeden Tag Mord und Totschlag. Sie mußte weg aus dem Haus, das sie Jahrzehnte in Ordnung gehalten hatte. Aber sie sollte es gut haben, dachte ich, aber ihr ging's schlecht, denn sie mußte nichts tun.

Welch ein Glücksfall für sie, daß die Scheidung kam. Sie durfte zurück und das Haus wieder übernehmen. Die verhaßte Schwiegertochter wurde in die Kellerwohnung verbannt und durfte die oberen Räume nicht betreten. Auch das wieder so eine Lösung dank meiner unbegreiflichen Gutmütigkeit. Die Frau, die einen betrogen hat, im Hause lassen! Wer kann das schon verstehen! Aber ein Vater mit zwei jungen Töchtern? Denen ausgeliefert?

In meinem Arbeitszimmer warte jemand auf mich, rief meine Mutter mir zu, sie kenne ihn nicht, es sei keiner von hier. Ich erschrak, denn mir war sofort klar, wer da auf mich wartete. Soeben saß ich noch auf einem Stein vor ihm. Und nun war er hier. Warum? Was wollte er von mir?

Auf die Antwort brauchte ich nicht zu warten. Noch bevor ich mich hinter meinen Schreibtisch gesetzt hatte, fing der Mann an - es war tatsächlich ein Mann, noch jung, mit groben Gesichtszügen und leicht schielenden Augen - :

»Der Wind sollte mich nicht an meinem Vorhaben

hindern. Hier bin ich, und Sie können mir nicht entwischen! Sagen Sie mir jetzt, warum Sie nicht bei meinem Vortrag waren. War ich zu unbedeutend? Interessierte Sie das Thema nicht?«

Er machte eine Pause und fixierte mich. Ich machte ein gelangweiltes Gesicht. Das entsprach mit einem Mal auch meinem Zustand. Denn mit seinem weiten, dunklen Mantel hatte für mich der Mensch auch seine irritierende Macht abgelegt.

»Selbst der Bürgermeister war sich nicht zu gut für eine engagierte Teilnahme!«

Das hätte er nicht sagen sollen. Ich lachte:

»Der Bürgermeister? Und wohl auch der Metzger und der Schuster und die Witwe Meier? Mann Gottes, was wissen Sie denn von den hiesigen Machtverhältnissen!«

Der Mann blieb unbeeindruckt von meinem Spott.

»Daß Sie ein bedeutender Mann hier sind, habe ich doch schon durch meinen Besuch unterstrichen. Ich muß Ihnen also keinen Vortrag über die Verhältnisse im Gemeinderat halten. Ich weiß, Sie sind als einziger Unabhängiger das Zünglein an der Waage zwischen den beiden gleichstarken Blöcken der Rechten und Linken ...«

»Bravo, das wissen Sie also! Und nun rücken Sie mal raus mit dem, was Sie wollen!«

Meine unverschämte Unterbrechung zeigte Wirkung. Meinem Besucher wurde es offensichtlich unbequem. Er erhob sich halb, ordnete seine zerknitterte Hose, zog an seiner fleckigen Weste, setzte sich wieder, versuchte einen freundlichen Blick und sagte schließlich in bescheidenem Ton, daß er gern mit mir die Schadensverhütung besprochen hätte.

»Welcher Schaden soll denn verhütet werden? Der der Dürre?«

»Nein, der der Flut!«

»Wollen Sie mich auf den Arm nehmen? Woher soll denn hier, hundert Kilometer von der Küste entfernt, eine Flut kommen?«

»Es spielt keine Rolle, woher sie kommt, sondern ob Sie sich darauf vorbereitet haben. Sonst wird dieses Dorf und viele weitere fortgeschwemmt werden.«

Der Mann hatte die Festigkeit in seiner Stimme wiedergefunden, und es war gerade das Ausgefallene, das Unwahrscheinliche seiner Behauptung, das seinen Eindruck auf mich nicht verfehlte. Und natürlich merkte der Bursche sofort, daß er wieder Oberwasser gewann.

»Und Gott will nicht, daß ihr hier untergeht. Er muß euch strafen wegen eurer Sünden: Ihr habt die Dürre. Die Flut, die danach kommt, soll euch reinigen, nicht vernichten. Ich bin gesandt, euch wirksame Hilfe anzubieten!«

Bei den letzten Worten hatte sich der Mann erhoben, sich den weiten Mantel übergeworfen, machte einen Schritt zum Fenster hin und wies mit prophetischer Geste hinaus:

»Auch Noah wäre umgekommen, hätte er nicht fachkundig die Arche gebaut!«

Er wandte sich wieder zu mir, legte mir eine Visitenkarte auf den Tisch, und im Hinausgehen ermunterte er mich noch, ihn recht bald anzurufen. Ich nahm verblüfft die Karte. Ein mir unbekannter Name, und darunter »Hydraulik-Ingenieure«, Adresse, Telefon usw.

*

Die nächste Vollsitzung des Gemeinderats verlief dramatisch. Sie wollte ohne Beschlüsse zur Dürrehilfe und zur Vorsorge für eine mögliche Flut zu Ende gehen, als ich das Wort ergriff:

»Als uns vor Jahren die Senkung des Grundwasserspiegels bekanntgegeben wurde, gab es ein Angebot, uns mit einer Hauptwasserleitung an einen weiträumigen Verbund anzuschließen. Die Mehrheit dieses Hauses lehnte das Angebot als überflüssig ab. Es gäbe bei uns kein Wasserproblem, das mit einer Rieseninvestition gelöst werden müsse. Heute sind die Brunnen leer. Wasserwagen müssen uns für den Hausverbrauch versorgen. Das Vieh mußte schon lange geschlachtet werden. Mit Recht gibt das Volk uns die Schuld. Und nun soll eine Flut kommen, und wieder kann sich dieses Haus nicht durchringen, für diesen Fall Maßnahmen vorzubereiten, obgleich uns wieder die sachkundige Hilfe angeboten wird. Ich für meine Person werde dieses Mal meiner Verantwortung gerecht werden. Der Partei, die sich für sofortige Maßnahmen einsetzt, werde ich meine Stimme geben, und sie wird damit die Mehrheit haben, um entsprechende Beschlüsse durchzusetzen.«

Ein unglaublicher Tumult war die Folge meiner Rede. Schließlich erhielt der Sprecher der Rechten das Wort:

»Keiner wird uns in unseren Bemühungen zum Schutze der Bevölkerung übertreffen. Wir haben die Gefahr erkannt und werden die Maßnahmen befürworten und finanziell unterstützen, die zu ihrer Abwendung notwendig sind. Wir sind sicher, daß die Privatinitiative mit den erforderlichen Investitionen vorangehen wird. Dann werden wir nicht nur unserer Verantwortung gerecht, sondern geben auch unserer desolaten Wirtschaft einen entscheidenden Impuls.«

Langanhaltender Beifall meiner Kollegen zur Rechten, während die Linken, die schon das Boot ohne sie abfahren sahen, nun ihren Sprecher nach vorn schoben. Der Vorsitzende erteilte ihm das Wort:

»Seit Jahren kämpfen wir dafür, daß seitens des Staates Arbeitsplätze geschaffen werden. Dies ist eine Gelegenheit, um dem Volk zu zeigen, daß uns die Arbeitslosigkeit besonders am Herzen liegt. Die von den Rechten vorgeschlagenen Maßnahmen müssen untrennbar mit der Schaffung von Arbeitsplätzen verknüpft werden. Geschieht das, sind wir dabei.«

Schließlich gab es zwei Beschlüsse zur Sache, den einen mit den Stimmen der Rechten, den anderen mit denen der Linken, beide mit Mehrheit durch meine Stimme. Die Fraktionsvorsitzenden bildeten dann den sogenannten Flutausschuß, zu dessen Vorsitzendem ich mit meiner entscheidenden Stimme gewählt wurde.

Später saß ich dann im Bürgermeisterhause in trauter Runde mit einigen Freunden zusammen. Die Gesinnungs- und Glaubensfragen wurden gebührend behandelt, und dann kam das Hauptthema aufs Tapet.

Ich erklärte meine Bereitschaft, mit einem einschlägigen Ingenieur-Büro Kontakt aufzunehmen und dafür zu sorgen, daß dem Ausschuß ein Aktionsplan einschließlich Kostenvoranschlag beschleunigt zugeht. Außerdem würde ich mit einer geeigneten Kapitalspritze dem Projekt zum Leben verhelfen.

»Meinen Sie nicht, meine Freunde, man würde die Sache unzulässig simplifizieren, täte man so, als wäre nur Geld nötig, und schon wären wir gerettet?«

Der Herr Pfarrer, stets wohlgelitten in unserem Kreis, fand sofort Beifall mit seiner Mahnung. Ermutigt fuhr er fort:

»Da bringt also ein obskurer Prediger eine Flut ins Gespräch, die er mit Anlehnung an die biblische Sintflut als göttliche Reinigungstat ankündigt, und vor deren Folgen er wie ein anderer Noah gottgewollte Hilfe anbietet. Ich bin entschlossen, dieser gotteslästerlichen Aktion entgegenzutreten. Seit Jahrtausenden laden die Menschen ihre Sünden in der Kirche ab und gehen in Frieden nach Hause. Das soll auch jetzt nicht anders sein. Und dann wird die Kirche die Rettung vor der Flut bieten. Ihre Selbstlosigkeit, liebe Freunde, mit der Tat zur Aufrichtung der Dämme beizutragen, muß unterstützt werden von der betenden Gemeinde.«

Alle Anwesenden waren beeindruckt von des Pfarrers Ernst. Seine folgenden Erläuterungen über Sondergottesdienste mit entsprechenden Kollekten, gezielte Mahnungen in Predigt und Beichte vervollständigten das Bild engster Zusammenarbeit mit den weltlichen Beauftragten, so daß einem um das Wohl des Volkes auch in schwerer Zeit nicht bangewerden mußte. Es fehlte nicht viel, und ich hätte einen Choral angestimmt, sah dann aber den Pfarrer ein *Ave Maria* beten, was sicher der Situation angepaßter war.

Der Bierverbrauch hielt sich dank der Wendung zum Religiösen in Grenzen, so daß der Kreis auseinanderging, ohne das sonst übliche Niveau erhabener Überlegenheit erreicht zu haben. Kein Wunder also, daß sich in mir eine gewisse Frustration breit machte, die sich um so mehr verstärkte, je näher ich auf dem Rückweg der Dorfkneipe kam. Jedenfalls war ich überzeugt, daß ich in diese Richtung ging. Es war aber so dunkel, daß ich allmählich unsicher wurde. Die Straßenbeleuchtung war aus Ersparnisgründen reduziert auf jede fünfte Laterne, und die dicken Stämme der flankierenden Linden löschten praktisch auch diese noch. Plötzlich stieß ich auf einen Menschen, der sich offenbar in der gleichen Richtung langsam vortastete. Ich streckte unwillkürlich beide Arme vor und hatte unzweifelhaft eine Frau umschlossen. Die Wärme ihres Körpers übertrug sich auf mich, als wären wir beide nackt. Während meine Hände ihre Örtlichkeiten weiter erkundeten, tasteten wir uns fast wie im Gleichschritt weiter durch die Dunkelheit. Es war noch kein Wort gefallen, als plötzlich das Licht einer Laterne zwischen den Stämmen aufblitzte. Die Frau wandte das Gesicht, erkannte mich, und ehe ich irgendetwas zu meiner Rettung tun konnte, rammte Vera mir ihr Knie zwischen die Schenkel. Im Zusammensacken hörte ich noch wie in weiter Ferne ihre eiligen Schritte. Dann verlor ich das Bewußtsein. Aber nur für einige Sekunden. Ich richtete mich auf, sah um mich und stellte fest, daß ich mich in meinem Schlafzimmer befand. Die Tür stand offen, und Veras Parfüm stand im Raum. Hatte sie nicht das Verbot, die oberen Räume zu betreten?

*

Das Ingenieurbüro anhand der Visitenkarte zu finden, erwies sich als keine leichte Aufgabe. Am Telefon hatte man mir eine Beschreibung gegeben, die mehr zu einem Vexierbild gepaßt hätte. Immerhin war das Stadtrandgebiet auffindbar, und das alte Industriegebiet war auch identifizierbar. Ich fühlte mich wie in einem action-

Film. Jeden Augenblick konnte eine der verfallenen Fabrikhallen eine Mörderbande ausspeien.

Plötzlich fielen tatsächlich Schüsse. Der Schreck fuhr mir wie ein Messerstich in die Knochen. Hinter einem Schrotthaufen tauchten drei Jungen auf, so zwischen zehn und zwölf Jahre alt. Sie waren voll ausgestattet mit allem Gangstergerät, das die Spielwarenbranche anzubieten hat. Ich wurde gesichtet, und mit gezückten Revolvern rannten sie auf mich zu. Ich erhob die Hände, noch bevor sie den Befehl dazu gaben. Das brachte sie wohl aus dem Konzept, denn sie senkten die Waffen, und der Älteste fragte mich höflich, was ich hier suche. Ich hatte kaum meine Auskunft beendet, als die drei einstimmig losschrieen: «Er will zu unserm Vater!» Und dann schleppten sie mich bis zu einer Wellblechhütte, die an eine Fabrikhalle angelehnt war. Der Älteste öffnete die Tür, blickte hinein und rief:

»Mama, hier ist jemand für Papa!«

Und fort waren die Kinder.

Ich trat ein und stand einer jungen Frau gegenüber. Sie war kaum bekleidet, als käme sie gerade aus dem Bett. Ich erschrak. Sie sah aus wie Vera während unserer Flitterwochen. Mir stieg das Blut zu Kopf.

»Vera? Bist du es wirklich?«

Ich ergriff sie und preßte sie an mich. Sie wehrte sich nicht. In diesem Augenblick wehte wie von fern ein Choral herüber. Ich stutzte.

»Ist hier eine Kirche in der Nähe?«

Der Choral wurde stärker, wie von vielen gesungen. Meine Arme fielen herab.

»In der Halle nebenan hält mein Schwager Gottesdienst«, flüsterte sie, »mein Mann wird sofort hier sein.«

In diesem Augenblick knarrte die Tür. Ich wandte mich um. Ein Mann trat ein. Er trug einen Klingelbeutel, den er sogleich in eine Kassette entleerte. Dann blickte er auf, entdeckte mich und streckte mir seine Hand entgegen.

»Da sind Sie ja schon. Setzen Sie sich doch!«

Und er schob mir einen Stuhl hin. Wieder öffnete sich die Tür. Eine dunkle Gestalt erschien: der Prediger!

Er warf seine weite Kutte ab und setzte sich zu uns.

»Entschuldigen Sie die Verzögerung. Aber wir können nun sofort beginnen. Über die Entscheidungen, die im Gemeinderat und Ausschuß bei Ihnen gefallen sind, bin ich unterrichtet. Mein Bruder wird Ihnen nun erklären, wie wir uns den Schutz des Dorfes gedacht haben.«

Während dieser Rede hatte ich nach hinten geschielt: Die Frau war verschwunden.

»Ja, sie ist einkaufen gegangen«, sagte der Bruder, »wir sind nun ganz ungestört. Können Sie folgen?«

Er legte Pläne und Skizzen auf den Tisch und begann, sie mir zu erläutern. Es handelte sich um ein Rohr- und Absaugsystem, das auf der Westseite des Dorfes installiert werden sollte, um die Flutwelle sofort durch Masseentzug zu brechen.

»Sehen Sie hier», er öffnete einen Ordner mit Foto-Großaufnahmen, «wir haben ein ähnliches System erfolgreich im Marschland eingebaut. Seitdem hat dort keine Sturmflut mehr Schaden angerichtet.«

Ich hatte mich langsam wieder in der Gewalt und konnte den Ausführungen einigermaßen folgen.

»Ich bin natürlich nicht Fachmann genug, um die Anwendbarkeit Ihres Systems bei uns beurteilen zu können. Aber den Eindruck habe ich, daß das

Grundkonzept gut ist. Allerdings scheinen mir enorme Erdbewegungen notwendig zu sein. Bei der erforderlichen Länge der Anlagen werden auch Probleme rechtlicher Art wegen der Eigentumsgrenzen auftreten, und schließlich wird das System auch nicht gerade billig sein.«

Ich wunderte mich über mich selbst, so logisch zusammenhängende Sätze formuliert zu haben. Meine Zufriedenheit darüber machte mich leutselig:

»Ich werde dem Ausschuß berichten und vorschlagen, Sie zu einem Vortrag einzuladen. Wenn Sie dann schon etwas über die Gesamtkosten sagen könnten, ließen sich sicher Vorentscheidungen treffen.« Ich erhob mich. Die Kinder wurden gerufen, und unter bewaffneter Begleitung verließ ich sicher das gefährliche Gelände. Noch ein wenig verwirrt vom Verlauf des Besuchs kehrte ich nach Hause zurück.

*

In meinem Büro war meine Mutter dabei, die Fenster zu putzen.

»Na, wie war's?« wollte sie wissen.

Meine Beschreibung - Veras Doppelgängerin kam darin nicht vor - schien sie nachdenklich zu stimmen. Sie stieg herunter von der Leiter, stellte sich vor mich und meinte:

»Das klingt nicht gut! Eine Wellblechbude als Ingenieursbüro? Ihre Erfolglosigkeit oder ihre Unfähigkeit nach außen dokumentiert? Schau dich an: Du hast das größte Haus am Ort, von dem dir außerdem die Hälfte der Grundstücke gehört. Das ist *dein* Ausweis! Wenn es sich, wie man sagt, um eine Flut handelt, muß man einen

Kapitän fragen, aber einen, dem man seinen Erfolg ansieht, wie deinem reichen Onkel Willy!«

Es war die längste Rede, die ich von meiner Mutter je gehört hatte. An meinem Gesicht konnte sie feststellen, daß sie Eindruck auf mich gemacht hatte. Zufrieden kletterte sie wieder die Leiter hoch und setzte ihre Arbeit fort. Ich schaute ihr eine Weile gedankenverloren zu. Was für jugendliche Bewegungen doch diese alte Frau hatte! Ich hätte mich nicht gewundert, wenn sie die Außenseiten der Scheiben fliegend bearbeitet hätte.

»Ich geh' mal, Mutter. Ich muß nachdenken!«
Sie nickte nur mit dem Kopf.

An der Haustür traf ich auf Hänschen, den jungen Mann, der die Milch brachte. Er war ein Mensch, der immer lachte. Er war sommers wie winters gleich leicht gekleidet.

»Was hältst *du* denn von der Flut?«
»Oh, ich denke, sie ist erfrischend!«
»Fürchtest du dich nicht vor einer Riesenwelle?«
»So hoch wie unsere Bäume wird sie nicht sein!«

Damit war für ihn das Thema erledigt. Er nahm seinen Korb auf und trottete zur Nachbarin, die schon ungeduldig wartend an der Tür stand.

»Wenn Sie schon nichts tun«, rief sie zu mir herüber, «sollten Sie wenigstens nicht andere von ihren Pflichten abhalten!«

Sie riß dem armen Hänschen fast die Flasche aus der Hand und verschwand im Haus. Was hatte sie nur? Ach, stimmt, ihre Pacht war fällig. Beim Zahlenden macht das schlechte Laune, beim Empfänger gute. Hat die Flut vielleicht auch zwei Seiten?

Ich dachte darüber nach, während ich in Richtung

Park schlenderte. Auf jeden Fall würde der Bach, an dessen trockenem Bett ich entlangging, wieder Wasser führen, und die Weiden würden wieder ausschlagen.

Auf der einzigen Parkbank saß jemand. Er stocherte mit seinem Stock im Sand herum. Kein Zweifel, es war der Kapitän, mein Onkel. Er blieb sitzen, als ich ihn begrüßte, rückte aber ein wenig zur Seite, mir Platz zu machen.

Eine Weile saßen wir schweigend nebeneinander, während er fortfuhr, kleine Staubwolken aufzuwirbeln.

»Die Sache mit der Flut«, sagte er plötzlich, »ist natürlich die Vision eines Wüstenwanderers. Denn sowas ähnliches sind wir doch. Schau dir den Bach an. Er war mal fast ein Wildwasser. Ich bin als Junge drin geschwommen.«

Ich beschränkte mich darauf, beifällig zu nicken.

»Dieser Katastrophenprophet ist ein Schwindler, ein Scharlatan. Aber er sieht es richtig: Wir wollen endlich Wasser! Schließlich haben wir Herbst!«

»Aber wenn dies Wasser in einer Sturmflut kommt, die alles wegreißt«, wandte ich ein.

»Dann muß man rechtzeitig die Häuser an ordentliche Anker hängen. Das ist doch eine Weisheit, die nicht neu ist. Sprecht da mal mit einem alten Seefahrer wie mir. Das ist doch eine Lage, in die ein Kapitän mit seinem Schiff andauernd kommt!«

Und nun begann er, mir solche Situationen zu schildern, in denen ein rechtzeitig geworfener Anker die Rettung war. Ich war dies Seemannsgarn von ihm gewöhnt. Ich hörte dieses Mal aber doch hin. Mich hatte die Idee, die Häuser zu verankern, gepackt. Dafür brauchten wir keinen zweifelhaften Ingenieur. Das könnten wir alles allein machen. Der Schmied müßte eben seine Bude wieder aufmachen, sich ein paar Arbeitslose dazuholen. Man würde maßgerecht Eisenbänder schmieden, die dann so um die Häuser gelegt werden müßten wie die Bänder um ein Faß. Die Anker müßte man vielleicht im Hafen einkaufen. Oder man stellte selbst einen Typ her, der dem Zweck angepaßt wäre. Schließlich müßte die Verankerung in festem Boden erfolgen und nicht im Meer. Und dann wären da noch die Ketten, die man wahrscheinlich als Meterware kaufen müßte.

*

»Was meinen Sie denn zu dieser Idee?« fragte ich den Bürgermeister.
»Faszinierend, genial! Aber meine Ansicht ist wohl nicht so wichtig. Wir sollten den Schmied fragen.«
Und das taten wir. Der war zuerst skeptisch, erwärmte sich aber dann sehr schnell dafür, nachdem ich ihm klargemacht hatte, daß es sich für ihn um ein gutes Geschäft handeln würde.
»Aber die Berechnungen und Zeichnungen, nach denen ich arbeite, müßten mir geliefert werden«, gab er zu bedenken.
Wir sahen das ein und riefen den Direktor des Gymnasiums, den wir über die Zusammenhänge aufklärten. Er überlegte kurz und meinte dann:
»Das ließe sich machen. In der Oberstufe könnten sich die Klassen in Mathematik, Physik und Technischem Zeichnen damit befassen. Wenn der Bürgermeister für gute Leistung Prämien aussetzt, habe ich keine Sorge, daß alles klappt. Aber wir können die Schüler nicht zum Maßnehmen im Dorf herumschicken.«

Richtig, wir brauchten einen Vermesser. Aber woher nehmen? Über einen beruflichen Landvermesser, der dafür vielleicht in Frage käme, verfügten wir nicht. Den Architekten, der ein bekannt hochfahrender Mann war, brauchten wir gar nicht erst zu fragen. Er würde uns für verrückt erklären, ihm eine solche Arbeit zuzumuten. Wir benötigten jemanden, der gewöhnt war, beruflich abzumessen.

»Der Tuchhändler ist doch an genaues Abmessen gewöhnt«, meinte schließlich der Schmied. Da uns sonst niemand einfiel, riefen wir ihn. Es dauerte eine Weile, bis er begriff, was man von ihm erwartete. Dann lachte er nur und wollte nichts davon wissen.

»Wir kennen außer Ihnen niemanden im Dorf, auf den wir uns verlassen könnten, daß seine Messungen stimmen«, warf ich ein und sah ihn sorgenvoll an, »in ihre Angaben hätte jeder von uns Vertrauen, und das ist nötig bei der überragenden Bedeutung, die diese Daten haben würden!«

Meine Worte blieben nicht ohne Wirkung. Nachdem auch noch der Bürgermeister ihm sein Vertrauen aussprach und auf eine großzügige Entlohnung hinwies, war der Mann gewonnen. Wir atmeten alle auf und wollten schon gemeinsam zum Wirtshaus aufbrechen, um die Lösung zu begießen, als mein Onkel, der die ganze Zeit dabeigesessen und zugehört hatte, aufstand, und indem er uns, einen nach dem anderen, spöttisch fixierte, fragte:

»Und wer verankert, und womit wird verankert?«

Wir alle blickten beschämt zu Boden. Der Kapitän hatte uns ertappt: Wir hatten das Wichtigste gegen die Flut vergessen.

Es war der Gymnasialdirektor, der sich zuerst faßte. Er ergriff meinen Onkel bewegt bei den Händen:

»Gott sei Dank haben wir Sie, Kapitän! Wir werden uns ganz auf Ihre Erfahrung verlassen!«

Die Begeisterung war groß und wurde dann sogleich gebührend begossen.

Zu Hause war meine Tochter Dörthe beim Kartoffelschälen. Ich setzte mich zu ihr, und sie gab mir einige rohe Stücke, die, wenn man sie langsam zerkaue, sagte sie, den Alkoholspiegel senken. Sie schmeckten zwar nicht gut, aber mein Zustand besserte sich.

»Papa, ich habe einen Freund!«

»Ich dachte, schon lange!«

»Ja, aber den ich jetzt habe, den will ich heiraten. Und dafür braucht er Geld!«

»Warum suchst du dir keinen, der schon Geld hat?«

»Weil ich überhaupt keinen suche, sondern die sind plötzlich da. Und der Jetzige könnte mit einem Schlag viel Geld verdienen!«

»Wunderbar, dann warte, bis er's verdient hat, und heirate dann!«

»Er kann es nur, wenn du hilfst!«

»Aha, womit soll ich denn helfen?«

Sie hatte die letzte Kartoffel fertig, goß Wasser in den Topf und setzte ihn auf die Platte. Mit einem Mal saß sie auf meinem Schoß.

»Lieber Papa, ihr braucht doch eine Menge Ketten, mit denen ihr die Häuser an die Anker legt. Mein Freund hat einen Freund, der Schrotthändler ist und in seinem Lager Riesenmengen von Schiffsketten hat. Die könnte man zum Schrottpreis kaufen und dann als Meterware weiterverkaufen. Was meinst du, ist das nicht eine blendende Idee?«

»Wir werden sehen, ob sie blendend ist. Er soll mal

mit ein paar Metern herkommen, die zeigen wir dann Onkel Willy. Der muß entscheiden, ob sie brauchbar sind!«

»Hurra, dann bleibt alles in der Familie. Ich werde Onkel Willy zum Trauzeugen ernennen!«

Sie gab mir einen schnellen Kuß und war schon fort.

*

Es war zwar eine bedeutende Entfernung zum Meer, aber ich mußte doch das Ungeheuer sehen, das uns angeblich so bedrohte. Ich wanderte also aufmerksam den Deich entlang, meinen Blick auf die weite Wasserfläche geheftet, die trotz des Windes nur leicht bewegt war. Wie sollte dieses Wasser so steigen, daß es nach Überwindung des hohen Deiches auch noch Kraft genug hätte, landeinwärts ganze Dörfer wegzuschwemmen?

»Die Oberfläche sagt dir nichts, die Tücke ist in der Tiefe versteckt», flüsterte der Kapitän mir ins Ohr, «sieh mal dort vorn. Die Welle ist an der Stelle immer etwas höher, so als müsse sie eine Stufe überklettern. Aber diese Stufe ist ein Graben.«

Was ich sah, war weder Stufe noch Graben. Es war ein Streifen brodelnden Wassers, so als koche jemand die Frühstückseier. Aber er hätte früher auf «klein» stellen müssen, denn jetzt sprang das Wasser immer höher, aufgerissen in viele Fontänen kippte es wie über den Topfrand und schlug eine breite Welle bis hoch an den Deich. Zu spät sprang ich zurück. Das Wasser klatschte mir ins Gesicht, und wie mit einer Hand zog es mich aus. Nur noch die Unterhose, über die Knie gerutscht, und ein Strumpf, gehakt an den verkrampften großen Zeh, blieben mir.

Der Kapitän murmelte etwas von schlechter Laune, die das Meer heute hätte, warf mir seinen Mantel über und zog mich mit sich.

Glücklicherweise fanden wir sofort einen Konfektionsladen. Allerdings war das einzige, das man in meiner Größe hatte, ein Jägeranzug. Die Verkäuferin meinte, er mache mich schlanker und jünger. Und außerdem ginge die Mode in diese Richtung. Wer keine Wahl hat, hat keine Qual. Der neue Look überzeugte mich schnell. Ich ging elastischer und mit dem Kopf aufrechter.

Als ob es nicht anders sein könnte, stieß ich an meiner Haustür auf Vera. Sie stutzte, musterte mich von oben bis unten und spottete: »Du meinst wohl, als Jäger hättest du mehr Chancen bei der schönen Müllerin!«

Eine passende Antwort fand ich nicht sogleich, und Vera war auch schon gegangen.

Ich wandte mich um zum Kapitän. Aber der machte nur eine wegwerfende Handbewegung.

Anstatt ins Haus zu gehen, setzten wir uns auf die runde Bank unter der Dorflinde.

»Dörthe will heiraten und ich soll Trauzeuge sein! Eine witzige Idee, sich die Ehe mit Eisenketten zu erkaufen!« Onkel Willy lachte in sich hinein und legte seine Hand auf meinen Arm.

»Ein pfiffiger junger Mann, den Dörthe da gefunden hat. Er brachte mir drei Meter schwerer Schiffskette zur Begutachtung.«

»Und, sind sie geeignet für unseren Zweck?«

»Ich glaube schon. Sie sehen nicht gut aus, stark

verrostet, aber das hat keinen Einfluß auf ihre Zugfestigkeit.«

»Und er gab dir auch schon den Preis?«

»Ja, hier ist meine Kalkulation. Leg sie dem Ausschuß vor und dränge auf Entscheidung. Du hast ja gerade erlebt, wozu das Meer fähig ist!«

Der Tuchhändler kam auf uns zu. Er trug eine vollgeschriebene Papierrolle vor sich her.

»Ich bin fast fertig mit dem Messen. Das geht nun erst einmal zum Gymnasium. Die sind schon ganz wild darauf!«

Er setzte sich zu uns und erzählte, daß nicht wenige sich widerspenstig zeigten, wenn er ihr Haus abmessen wollte. Dann wäre ihr Haus eben das einzige, das fortgeschwemmt werde, sage er dann ganz unbewegt und gehe. Spätestens an der Gartenpforte riefe man ihn zurück. Er lachte, stolz auf seinen Trick.

»Es stimmt doch, daß die Häuser mit Keller nicht verankert, also auch nicht vermessen werden sollen?«

Der Kapitän bestätigte es ihm, und der Mann machte sich fröhlich pfeifend auf den Weg zum Gymnasium.

Den Schmied trafen wir beim Sortieren einer Ladung Bandeisen verschiedenster Stärken an. Er hatte zwei Hilfskräfte angeheuert und war ganz in seinem Element.

»Hoffentlich krieg ich bald die Maße!« rief er uns entgegen.

»Im Gymnasium läuft die Kalkulation auf Hochtouren«, versicherte ich, «die ersten Daten kommen bestimmt heute noch!«

»Und der Anker?«

»Deshalb sind wir hier!«

Wir setzten uns zusammen, und der Kapitän erklärte,

daß wir für unseren Fall natürlich keinen Schiffsanker gebrauchen könnten.

»Wir müssen einen mit zwei Haken haben. Einen Haken, in die Erde zu schlagen, und einen, genau gegenüber, um den Anker später heraushebeln zu können.«

Nun war also alles geregelt, und ich hätte beruhigt nach Hause gehen können. Aber mir steckte noch zu sehr der Schreck in den Gliedern, den mir das Meer eingejagt hatte. An der Kirche machte ich halt. Mir fiel ein, daß sie auch keinen Keller hatte. Sie müßte also auch verankert werden. Aber würde der Pfarrer es jemals zulassen? Außerdem war kaum vorstellbar, daß eine Welle, so stark sie auch sein mochte, diesen auf Findlingen errichteten Bau bewegen könnte.

»Was wollen Sie da?«

Ich erschrak bei diesem plötzlichen Anruf. Ich wandte mich um, und da stand der Pfarrer. Die strenge Maske seines Gesichts verwandelte sich augenblicklich in einen lächelnden Mond.

»Ach, Sie sind es, Herr Balger! Wie Sie da mit dem Rücken zu mir standen, sahen Sie aus wie der gräfliche Jagdmeister, jener gottlose Spötter!«

Ich sah an mir herunter. Richtig, ich hatte vergessen, daß ich einen Jägeranzug trug.

»Ich werde es Ihnen erklären, Herr Pfarrer, wie ich zu dieser Verkleidung kam. Es wird Sie bestimmt interessieren.«

Wir betraten die Kirche und setzten uns in eine Bank. Der Pfarrer war nicht wenig erstaunt über mein Erlebnis, das ich ihm in allen Einzelheiten beschrieb.

»Ich habe jüngst von Beobachtungen gehört, die man im küstennahen Meeresboden gemacht hat«, meinte er schließlich, »aber die Möglichkeit eines Seebebens glaubte man ausschließen zu können. Als ob man Gottes Ratschluß im Sande lesen könnte!«

Ich berichtete ihm kurz über den Fortgang der Vorsichtsmaßnahmen, und er nickte dazu:

»Ja, es ist richtig, daß wir unser Scherflein zur Rettung beitragen. Aber die Voraussetzung ist die Bereinigung unseres Verhältnisses zu Gott. Ich werde noch in dieser Woche einen Bußgottesdienst ansetzen, damit die Gemeinde Gelegenheit hat, ihren Frieden mit Gott zu machen.«

Er erhob sich und ging zum Altar, um zu beten. Ich verließ still die Kirche, froh, nichts von ihrer Verankerung gesagt zu haben.

Später, ich hatte mich inzwischen umgezogen und trug nun wieder einen normalen Zivilanzug, fand ich mich mit den Damen und Herren des Flut-Ausschusses zusammen. Sie waren glücklich, daß wir nun alles unter uns machen wollten und einen teuren Ingenieur nicht benötigten, und schon gar nicht einen, dessen Büro eine Wellblechbude war. Mein Bericht über meine Erfahrungen mit dem Meer und der von Fachleuten zugegebenen Möglichkeit eines Seebebens taten ein übriges, so daß einstimmig die Finanzierung des Unternehmens beschlossen, und die entsprechende Weisung an die Kasse unterschrieben wurde.

Es lief nun alles wie am Schnürchen. Jeder Widerstand war erloschen, und wo er noch hier und da mal aufglomm, wurde er von den eifrigen Nachbarn ausgetreten. Das änderte sich auch nicht, als eines Tages der Prediger wieder erschien und in infamer Weise versuchte, unsere Maßnahmen lächerlich zu machen. Eine von ihm dann in der Wirtschaft angesetzte Versammlung wurde nur von einigen Hintersassen besucht, die ihn dann obendrein auch noch auspfiffen. Mit fürchterlichen Flüchen verdammte er uns zum Untergang und verschwand dann für immer.

»Seltsam«, sagte ich zu meiner Mutter, »ohne diesen Menschen wüßten wir doch nichts von der Gefahr, gegen die wir uns so eifrig rüsten. Ist er dann schließlich kein 'falscher' Prophet, sondern ein echter?«

»Auf jeden Fall ist er ein schlechter Ingenieur und wohnt deshalb zu Recht in einer Wellblechbude!« entschied sie und wollte wieder an die Arbeit gehen.

»Einen Augenblick, Mutter. Wir müssen noch über Dörthes Hochzeit sprechen. Ich muß eine Regelung mit Vera treffen. Wir können sie als Mutter doch nicht ausschließen!«

»Tu, was du willst, und laß mich dann auch machen, was ich will!« Und nun ging sie wirklich und ließ mich mit dem Problem allein.

*

Über Dörthes Hochzeit, die nicht mehr aufzuhalten war, muß ich wohl nicht berichten. Wie es auf Dorfhochzeiten zugeht, dürfte hinreichend bekannt sein. Und daß man eine Weile braucht, um sich von den Folgen wieder zu erholen, ist eine Binsenwahrheit. Sicher waren die Hindernisse, die die beiden Frauen, nämlich meine Mutter und meine Geschiedene, die ich natürlich nicht ausschließen konnte, sich ständig in den Weg legten, kein Einzelfall. Wahrscheinlich trugen sie damit sehr zur Unterhaltung der Gäste bei.

Schließlich gab es aber doch Wichtigeres im Dorf: Es wurde mit der Ankettung der Häuser begonnen. Onkel Willy hatte unwidersprochen das Oberkommando übernommen. Um seine Führungsrolle zu unterstreichen, hatte er sich seine Kapitänsuniform angezogen, was ihn plötzlich jung und attraktiv erscheinen ließ - wenigstens einigen Witwen und Dorfjungfern. Er ließ sich aber nicht ablenken, sondern sorgte energisch dafür, daß nirgends eine Stockung eintrat. Ich half ihm selbstverständlich auch, aber das blieb wohl mehr eine ideelle Unterstützung; denn Onkel Willy duldete keine Einmischung.

Trotz dieses selbstlosen Einsatzes konnte die Fertigstellung erst nach zwei Monaten in einem Dankgottesdienst, und dann mit einer echten Kirmes, gefeiert werden.

*

Ja, und dann trat die Winterruhe ein. Viel Schnee gab es nicht. Weihnachten verregnete.

Anfang Februar gab es einige Tage Frost. Aber einen Dorfteich, auf dessen Eisfläche wir hätten Schlittschuh laufen können, hatten wir schon lange nicht mehr.

Im März gab es die bekannten Sommertage, und dann kam plötzlich orkanartiger Sturm auf.

Mit einem Mal erinnerten wir uns alle der Flutdrohung und der Maßnahmen, die wir dagegen getroffen hatten. Es wurde beschlossen, die Verkettung der Häuser, an die schon lange niemand mehr gedacht hatte, zu überprüfen. Aber dazu kam es nicht mehr. Der Orkan nahm noch zu, und in der Nacht des Frühlingsanfangs brach die Flut über uns herein. Es war nur eine riesige Welle, wie der Schlag einer gewaltigen Brandung. Ihr infernalisches Krachen dauerte aber nicht länger als fünf Minuten. Uns kamen die allerdings wie eine ganze Höllenfahrt vor. Dann war plötzlich Stille. Auch der Sturm hatte schlagartig aufgehört.

Ich verließ das Haus im Morgengrauen, nachdem ich festgestellt hatte, daß wir alles einigermaßen überstanden hatten. Der Keller war nicht einmal überschwemmt. Die Straße war schlammbedeckt. Es ging sich wie auf Glatteis. Ich sah um mich und traute meinen Augen nicht. Das Haus gegenüber schwebte in der Luft! Nein, es schwebte nicht, sondern es hing aufgehängt an einem Pfahl! Und oben an der offenen Haustür gestikulierten seine Bewohner.

Ich blickte die Straße entlang. Das war ja unglaublich! Alle kellerlosen einstöckigen Häuser hingen oben! An einigen waren schon Leute dabei, Leitern anzustellen.

»Warten Sie einen Moment, ich bringe Hilfe!« rief ich meinen Nachbarn zu und rannte in meinen Keller, um eine Leiter zu holen. Gott sei Dank fand ich sie auch sogleich, - weil mir Vera beim Suchen half, muß ich gestehen -, und dann balancierten wir beide sie über den Schlamm zum Nachbarhaus.

Die Leiter langte gerade so eben bis zur Tür, angelehnt an den Pfahl. An den Pfahl? Jetzt sah ich, was das Haus oben hielt! Es war die Kette, deren Glieder so ineinander verrostet waren, daß sie einen eisernen Pfahl bildeten. Die Flutwelle hatte zwar das Haus nicht wegschwemmen können, aber sie hatte es hochgehoben, und zwar so hoch, daß der Kettenpfahl mit dem befestigten Haus senkrecht stand und mit dem fallenden Wasser nicht zurücksank.

Und so war es allen fachkundig festgebundenen

kellerlosen Häusern ergangen. Ich sah mich gezwungen, als Vorsitzender des Flutausschusses sofort aktiv zu werden. Das war bei den Verhältnissen nicht einfach, aber schließlich gelang es doch, noch am Vormittag die Ausschußmitglieder zur Sitzung im Rathaus zusammenzutrommeln.

Es war noch ein ziemlich hilfloses Hin und Her an Vorschlägen in Gange, was nun zu tun sei, als der Stellmacher erschien. Er brachte den Architekten mit, und der schlug nun einen Plan vor:

»Sehen Sie, meine Herrschaften, Anton...« - er meinte den Stellmacher - »...war seit einiger Zeit mit mir in Verhandlung wegen der Erweiterung seines Hauses. Nun hat die Flutwelle auch ihm das Haus in die Luft gehoben. Was liegt nun näher, als diese Situation auszunutzen. Anstatt darüber nachzudenken, wie wir das Haus heil wieder herunterbekommen, bauen wir ein neues Erdgeschoß darunter!«

Und so geschah es. Nicht nur der Stellmacher bekam sein großes Haus, nein, allen Besitzern schwebender Häuser wurde mit einem daruntergebauten Erdgeschoß geholfen.

Wer nicht über flüssige Mittel verfügte, dem wurde dafür ein langfristiger Kredit gewährt. Und die Kettenpfähle, nachdem sie dann schließlich entankert werden konnten, fanden Verwendung in der Erweiterung der Straßenbeleuchtung.

So also kam es dazu, daß unser Dorf heute über soviele prachtvolle große Häuser verfügt, während die Nachbarorte, bei denen es keine Flutvorsorge gegeben hatte, immer noch nicht mit den von der Flutwelle verursachten Hausverschiebungen fertiggeworden sind.

Die entscheidende Rolle, die ich bei der Rettung des

Dorfes gespielt hatte, wurde bei einer eigens dafür einberufenen Sondersitzung des Gemeinderates ausgiebig gewürdigt.

Der Orden, den man mir dabei für meine selbstlosen Dienste verlieh, und der seitdem unserem Wohnzimmer eine gewisse Feierlichkeit gibt, wird immer noch von Besuchern mit Bewunderung betrachtet.

Das ist mir aber eher peinlich, denn auch Andere haben schließlich das ihrige dazugetan. Aber stolz bin ich doch, wenn mich Dörthes kleiner Sohn, mein Enkel, immer wieder fragt:

»Opa, wie war das doch noch mit dem Wasser, das du aufgehalten hast, und das mit den fliegenden Häusern!?«

* * *